作ってあげたい小江戸ごはん３

ほくほく里芋ごはんと父の見合い

高橋由太

角川文庫
22511

目次

第一話

朝曇《あさぐもり》——ゴマかけ里芋ごはん

時の鐘

時《とき》の鐘《かね》は、寛永《かんえい》4年（1627）から11年（1634）の間に川越《かわごえ》城主酒《さか》井忠勝《いただかつ》が、多賀町《たがまち》（いまの幸町《さいわいちょう》）の現在の場所に建てたものが最初といわれています。

創建された江戸時代の初期から、暮らしに欠かせない「時」を告げてきた小江戸川越のシンボルです。

現在の鐘楼は、明治26年（1893）に起きた川越大火の翌年に再建されたもの。3層構造で、高さ約16メートル。

平成8年に、時の鐘は環境庁主催の「残したい〝日本の音風景100選〟」に選ばれました。

川越市ホームページより

季節は移ろい、夏が訪れようとしていた。ただ、それは暦の上でのことであり、気温は真夏と変わらない。信樂《しがらき》食堂のある川越は、日本でも指折りの暑い町と言われている。道行く人々は半袖《はんそで》になり、店でもエアコンのスイッチを切れずにいた。

信樂食堂では、昼食時の営業が終わると店を閉めて休憩時間に入る。食事も、このときに取ることになっていた。

その日の賄いは、信樂大地《だいち》の父・昇吾《しょうご》が作った。焼きおにぎりだ。こってりとした田舎味噌《みそ》にみりんを加えて混ぜ合わせ、おにぎりに塗りながら炭火で焼き上げる。シンプルだが、間違いのない一品だ。香ばしいにおいだけで腹の虫が鳴きそうになった。

真っ先に手を伸ばしたのは、店主の大地でも父でもなく店員だった。

「超美味《おい》しそうでございます！」

看板娘のたまきが元気に大声を上げながら、焼きおにぎりを手に取った。

「熱々っ……でございまする」

よほど熱かったらしく涙目になったが、焼きおにぎりを離すことなく、ふぅふぅと息を吹きかけて、いつもの台詞《せりふ》を口にした。

いただきますという意味だ。テンションが高いように見えるが、たまきの通常運転であった。特に食べ物を前にしたときは、いつも叫んでいる。そして食べるのも速かった。あっという間に食べ終わり、絶賛の言葉を口にした。

「最高の昼食でございます！　さすがはお父さま！　星三つでございまする！」

実際、父の焼きおにぎりは絶品だった。飯の炊き加減、味噌とみりんの合わせ方、焼き加減と完璧《かんぺき》だ。たまきは五つ、大地は三つも食べた。

「まだまだ食べられまする」

「うん。でも、それくらいにしておこうよ」

やんわりと言い、お茶を淹《い》れて、一休みしようとしたときだった。父が言った。

「今度、見合いをする」

「え？　それって、あのお見合いのこと？　結婚をするためのやつ？」

「他になかろう」

涼しい顔で言うが、突然すぎる。

「まだ、結婚なんて……」

そう答えると、父が笑った。

「おまえじゃなくて、おれが見合いをするんだよ」

「ええっ？」

「何を驚いてる？　こんなじいさんが見合いをしたら、おかしいのか？」

「いや、おかしくないけど」

人生百年の時代だ。今の六十歳は、年寄りではない。いや、年寄りだとしても、結婚は本人の自由だ。実際、中高年者の婚活は珍しいものではないという。ただ、やっぱりそれは一般論で、還暦すぎの父親がお見合いをすると言われると戸惑いがある。

「いきなりどうして……」

去年の十一月に父が倒れて、大地は食堂を継いだ。幸いなことに、大事には至らなかった。何日か入院したが、回復し一緒に暮らしている。無理は利かなくなったようだが、今のところ日常生活に支障はなかった。

「いきなりだと悪いのか？」

「悪いって言うか……」

大地は戸惑うばかりだった。信樂家はすでに母は他界していて、親子にたまきを加えた三人暮らしだ。小さな事件はあったが、おおよそ平穏な生活だった。このまま、この暮らしが続くと思っていた。父がお見合いをするなんて、想像さえしていなかったのだ。

「ん？　反対なのか？」

父に聞き返された。とっさに思い浮かんだのは、母の言葉だ。


お父さんのこと、お願いね。

料理を作ることしかできない人だから。


そう言い残して、大地の母は死んだ。もう二十年も昔のことだ。病気だった。母は身体が弱く、起きている時間より寝ている時間のほうが長かった。

大地は、母親が大好きだった。今でも忘れられずにいる。父のお見合いをよろこべない気持ちもあったが、反対する気はなかった。父の幸せを祈っていた。

だが、それにしても唐突だ。繰り返すようだが突然すぎる。母が他界した後、何度かお見合いの話が持ち込まれたことがあったが、父はずっと断っていた。話を聞くことさえなかったから、再婚するつもりがないのだと大地は思っていた。自分と同じように、父も母のことが忘れられないのだと決め付けていた。

「反対じゃないけど」

母の顔が浮かんだせいだろう。煮え切らない返事になってしまった。これでは、反対しているみたいだ。大地は、取り繕うように質問をした。

「誰が持ち込んだ話？」

今までは、商店街の人か親戚《しんせき》が世話を焼いてくれた。断りにくい相手――例えば、商店会の会長あたりが口を利いたのかと思った。気が乗らないお見合いをするのだと思ったのだが、違った。父の返事は、意外なものだった。

「誰が持ち込んだわけでもない」

「ええと、それは、どういうこと？」

「自分で決めてきた」

「はい？」

「おれのほうから、相手の女性に頼んだんだよ」

「頼んだ？」

「見合いをしてくれって言ったんだよ」

事態は、大地の想像を超えていた。というか、それはお見合いではないのではなかろうか。

お見合いという言葉を辞書で引くと、「互いに結婚相手としてふさわしいかを見るために、人を介して会うこと」と書いてある。しかし、父は、自分で声をかけたと言った。

「つまり、なんぱでございますねっ！」

たまきのテンションがまた上がった。テレビ番組を見ておぼえたようだ。ナンパという言葉を使ってみたかっただけのような気がする。テレビ好きのたまきは、毎日のように新しい言葉をおぼえてくる。

「ナンパとは、ハイカラだな」

「あい。なういやんぐの言葉でございます」

冗談を言っているように聞こえるが、たまきは真面目だった。父も真顔で応じる。

「ヤングか。じゃあ、年寄りの使う言葉じゃないな」

「そんなことはありませぬ。お父さまは、わたくしよりも若《わこ》うございます。超やんぐでございまする」

「たまきちゃんより若いって？　まさか。もう還暦をすぎているんだよ」

「まさかではございませぬ。わたくし、とっくに五百歳はすぎておりまする」

初めて会ったときも、似たようなことを言っていた。二十歳そこそこにしか見えないが、中二病的な自分設定があるのだろうか。

父は突っ込むことなく、真顔のまま相槌《あいづち》を打った。

「五百歳にしては若く見えるな」

「あい。頑張っておりまする」

この二人に任せておくと話が進まない。いや、進まないどころか、だんだん話が逸《そ》れていく。大地は話に割り込み、父に聞いた。

「お見合いの相手だけど、どんな女性《ひと》？」

「おまえも知っている人だ」

「え？　誰？」

「栗原加代《くりはらかよ》さんだよ」

「栗原？」

「遥香《はるか》ちゃんのおばあちゃんだ」

「ああ、彼女の――」

すぐに思い出すことができた。遥香は、大地と同じ小学校に通っていた女の子だ。五歳か六歳くらい年下だったと思う。同じ登校班だった記憶がある。一年間くらいなのだが、一緒に通っていた。

彼女のことをおぼえていた理由は、他にもあった。遥香は、両親と祖父を交通事故で亡くしていた。テレビや新聞で取り上げられるほどの大きな事故だった。悲惨な事故だった。遥香は、祖母と二人だけになってしまった。

同じことを思い出したのだろう。父が独り言のように呟《つぶや》いた。

「世の中、何が起こるか分からないものだな」

朝曇《あさぐもり》という言葉がある。暑さが厳しくなる日の朝は、曇っていることが多いらしい。

その日も朝から曇っていた。暑くなりそうな一日だった。信樂食堂は休みで、父は病院に行っている。体調が悪いわけではなく、いつも飲んでいる心臓と高血圧の薬をもらうためだ。一方、大地は落ち着かなかった。お見合いのことを聞いてから、ずっと、こんな気持ちが続いている。せっかくの休みだが、出かける気にもなれず、たまきとお茶を飲んでいた。

「来週でございますね」

たまきが話しかけてきた。何が来週なのかは聞かなくても分かる。父のお見合いだ。しかし、日時くらいしか知らされていなかった。父は、大地とたまきを蚊帳《かや》の外に置くようにして一人で話を進めている。

「お父さま、張り切っていらっしゃいますね」

「そうだね」

大地は頷《うなず》いた。縁談を断り続けた人間とは思えないほど、父は積極的だった。何しろ、自分で料理を作るというのだ。レストランや喫茶店を使わないことにしたようだ。

「信樂食堂《うち》でやることにした。二人とも予定を空けておいてもらえないか」

家族がお見合いに同席するのは、当たり前のことだ。たまきも身内同然だった。

「別にいいけど……」

「あい。もうずっと予定は空いております」

たまきと二人で頷いた。父の説明はそれだけだった。言うだけ言って、自分の部屋に行ってしまった。

大地だって何も聞かなかったわけではない。加代とどこで会ったのかと聞いた。父は隠すことなく「病院だ」と答えはしたが、それ以上の詳しい話は何もしなかった。

「お父さまのお料理、楽しみでございますね。何を作るのでございましょうか？」

お茶を飲みながら、たまきは言った。相手の女性よりも食べ物のほうが気になるようだ。一方、大地は料理どころではない。

「さあ……」

気のない返事をしてしまった。すると、たまきが聞いてきた。

「反対でございますか？」

父と同じ質問だった。あのときは突然のことだったので言葉を濁してしまったが、今なら、はっきり答えることができる。

「いや、反対じゃない」

信樂食堂の厨房《ちゅうぼう》に立つ前の大地だったら、死んだ母への裏切りのように思って反対したかもしれない。今だって、まったく引っかからないと言うと嘘になるが、父が再婚したいのなら応援するつもりだった。子どもの人生が子どものものであるように、親の人生は親自身のものだ。

「結婚してもいいと思ってる」

大地の返事を聞いて納得したのか、たまきが話を変えた。

「それにしても、お見合いとははいからでございますね」

「お見合いがハイカラ？　古くさいイメージがあるけど」

大地が言うと、たまきは首を横に振った。

「間違ったいめーじでございます。ここ二百年か三百年前から始まったものでございますよ。まだ最近のことでございまする」

絶対に最近ではないと思ったが、そこには触れなかった。

「そうなんだ」

「あい。昔は、お見合いはございませんでした」

今のような形式のお見合いは、江戸時代後期から起こった風習だという。たまきは、相変わらず江戸時代に詳しい。食べ物以外のこともよく知っていて、その時代に生きていたかのように話す。

「それまではどうしてたの？」

「家長が決めておりました」

「家長？　父親のこと？」

「そうとはかぎりませぬが、たいていはそうでございました」

「つまり父親が結婚相手を決めてたの？」

「親戚《しんせき》一同が話し合って決めるお家もありましたが、やはり家長の意見が重《おも》うございました」

命令婚とでも呼ぶのだろうか。時代劇や大河ドラマで、そんな話を見た記憶もあった。好きも嫌いもなく、お互いの顔を知らないまま夫婦になる。

「お家の存続が第一でございました」

大地は感心した。

「本当に、昔のことをよく知っているね」

「あい。知らないことはございませぬ」

たまきが大嘘をついた。ピノッキオだったら鼻が伸びているところだ。たまきの鼻は伸びず、大威張りで胸を張っている。突っ込むべきか聞き流すべきか考えていると、店のほうから声が聞こえた。

「ごめんください」

若い女性の声だった。隣近所や商店街の人間ではないような気がする。

「食堂のお客さまでございましょうか？」

「さあ」

暖簾《のれん》を外して定休日の札をかけてあるが、おかまいなしに入って来る人間はいる。わざとではなく、札を見ていないのだ。たまきが、したり顔で言った。

「お腹が空《す》くと、何も見えなくなるものでございます」

「そうかもしれないね」

大地は否定しなかった。確かに、その傾向はあった。大地自身も空腹に強いほうではないし、他の店が混んでいて食事にありつけず行き倒れ寸前でやって来る客もいる。オフィス街から流れてくる昼食難民もいた。

「とりあえず出てみよう」

「あい」

食堂に向かった。休みの日でも、可能なかぎり対応することにしていたのだ。

「美人すぎるお客さまでございます！」

店の入り口を開けるなり、たまきが大声で叫んだ。信樂食堂を訪れたのは、二十歳そこそこの女性だった。見るからに清楚《せいそ》で、黒髪に白いワンピースがよく似合っていた。たまきの言うように顔立ちが整っている。だが、いきなり叫んではいけない。

「失礼だよ」

大地は注意した。しかし、たまきはきょとんとしている。大地の言ったことが分からないらしく問い返してきた。

「本当のことを言うのが失礼なのでございますか？　それとも、美人という言葉が失礼なのでございますか？」

「そうじゃなくて……」

返事に困った。容姿について言うことはよくない気もするが、挨拶《あいさつ》代わりに誉め言葉を口にするのは、商店街ではよくあることだった。それでコミュニケーションが取れている部分もあった。

どう説明したらいいか分からず考え込んでいると、「美人すぎるお客さま」が口を開いた。

「お休みのところ、すみません」

定休日だと分かっているようだ。たまきが応じた。

「気にしてはなりませぬ。お休みでも、お腹は空きまする」

間違ってはいないが、この場面で言う台詞《せりふ》ではない。美人すぎるお客さまが困った顔になった。

「食事をしに来たわけじゃなくて――」

その瞬間、彼女の顔に見おぼえがあることに気づいた。

「もしかして遥香ちゃん？」

昔と同じように呼んでしまった。子どものころは、そんなふうに呼んでいた。

「は、は、はいっ！　ご、ご、ご無沙汰《ぶさた》しておりますっ！」

激しく動揺している。いきなり名前を呼ばれたからだろうか。

信樂食堂にやって来たのは、栗原遥香――父がお見合いをすることになっている女性の孫だった。


小江戸と呼ばれる川越には、たくさんの観光客がやって来る。そのほとんど全員が見るものと言えば、蔵造りの街並みにそびえる「時の鐘」だろう。ガイドブックの表紙を飾ることも多く、川越で最も有名な建造物と言っても過言ではない。

大地とたまき、それに遥香を交えた三人は、その時の鐘の隣にある福呂屋《ふくろや》に来ていた。時の鐘がデザインされた「鐘つき最中《もなか》」が大人気の和菓子屋だが、今日のお目当ては別にあった。

「夏は、かき氷さまでございます！」

たまきのテンションが上がった。三人は福呂屋の二階のカフェスペース「鐘つき茶房」に座っていた。店内は混んでいて、浴衣《ゆかた》姿の客も多い。川越には、着物や浴衣をレンタルできる店もあった。

その様子を見ながら、大地は遥香に話しかけた。

「浴衣って夏らしいよね」

「は、は、はいっ！」

緊張したままだった。たまきはたまきで、かき氷に夢中で話を聞いていない。何となく気まずかった。

やがて待つほどもなく、かき氷が運ばれてきた。それを見て、たまきが言った。

「時代は、いんすた映えでございます！」

これもテレビでおぼえた言葉に違いない。日々、語彙《ごい》が増えていく。

ちなみに、たまきはスマホを持っていなかった。給料で買えばいいのにと思うのだが、興味がないようだ。

「以心伝心糸電話で十分でございます」

わけの分からないことを言っていた。おそらく言っている本人も分かっていないだろう。付け加えると、インスタのことも分かっていない気がする。

「一目惚《ひとめぼ》れでございまする。このかき氷さまをお慕い申し上げておりました」

たまきが、うっとりした顔で続けた。恋する乙女の顔だった。かき氷にときめいている。

「この美しいかき氷さまをごらんください！」

たまきに促されて、大地も改めてテーブルの上を見た。

醬油桶《しょうゆおけ》をイメージさせる器に、山盛りのかき氷がのっていた。美味《おい》しそうなだけではなく、かなりの迫力がある。川越でも評判の逸品らしいが、見ただけで納得できるものだった。

「すごいな……」

氷いちごやブルーハワイくらいしか食べたことのない大地は、福呂屋のかき氷の存在感に圧倒された。

「これ、何て名前？」

「よくぞ聞いてくださりました！　こちらにおわしますは、『金笛生醬蜜甘露《きんぶえなまひしおみつ》むらさきかき氷』さまでございます！」

大仰《おおぎょう》な紹介だが、簡単に言うと、いわゆる醬油かき氷だ。抹茶白玉にきなこクリームがかけられ、カラフルなぶぶあられや紫寒天がトッピングされている。ボリュームたっぷりな上に、見た目も綺麗《きれい》だった。

一番の売りは、老舗《しにせ》の醬油店・笛木《ふえき》醬油の生醬油をベースにしたシロップだろう。『金笛《きんぶえ》』でお馴染《なじ》みの名店だ。信樂食堂でも、その醬油を使っていた。

「食べる前から、星三つでございます！」

「じゃあ食べないの？」

「冗談はよしこちゃんでございます！」

流行語を使っているつもりのようだが、三十年くらい古い。これもテレビでおぼえたのだろうか。そして、たまきがかき氷を食べ始めた。

「実食っ！」

正面の席では、遥香が困った顔をしている。かき氷を食べるために、カフェに来たわけではなかったのだった。

「は、は、は、話しておきたいことがあって参りましたっ！」

三十分ほど前、信樂食堂でそう言った。思い詰めた顔をしていた。考えられる話題は一つしかない。大地は聞いた。

「それって、お見合いのこと？」

「は……はい」

躊躇《ためら》いながらも、はっきりと頷《うなず》いた。

大地も、お見合いのことは気になっていた。しかし、お見合いをするのは自分ではない。しかも蚊帳《かや》の外に置かれていた。

「父は病院に行っています。もう少しすると帰って来ると思いますが」

そう返事をした。昇吾に用事があって来たと思ったのだ。だが、遥香は首を横に振った。

「お父さまじゃなくて――」

「大地さまに用事でございますか？」

「は、はいっ！」

遥香は再び頷いた。でも用件を切り出さない。大地はふと気づいて尋ねた。

「もしかして外で話したほうがいい？」

「は……はい。で、で、できれば」

まだ動揺している。体調が悪いのか、頬が赤くなっていた。

こうして信樂食堂から出てきた。最初、大地は裏の喫茶店に行こうと思ったが、たまきが反対した。

「せっかくのお休みでございまする。とっておきのお店に案内いたしまする」

そして、鐘つき茶房に連れて来られた。テレビ番組で紹介されていたらしい。

「早く食べないと、かき氷さまが溶けてしまいまする」

たまきが咎《とが》めるように言った。娘の器を見ると、すでに食べ終わっていた。

「ごはんは熱いうちに、かき氷さまは溶けないうちに食べるものでございます」

当たり前のことを、いかにも含蓄深そうに言った。決め顔であった。

同世代に見えるたまきの間の抜けた言葉に安心したのか、遥香の顔が緩んだ。

「そうだね。話は食べてからにしよう」

大地としては遥香に言ったのだが、返事をしたのはたまきだった。

「張り切って食べまする！」

「食べるって、もうないけど」

「心配ご無用でございます。わたくし、決めておりまする」

きりりとした顔で見得を切り、店員を呼んだ。

「すみませぬ！　おかわりをいただきたく、お頼み申し上げまする！」

娘は、甘夏みかんのかき氷を追加したのであった。


美味しいものを食べると緊張がほぐれることがある。このときの遥香もそうだった。

「お休みなのに、本当にすみません」

まだ少し緊張しているようだが、さっきほど動揺はしていなかった。でも、大地の顔を見ようとしない。

「休みって言っても、やることもないし」

気を楽にしようと、わざと砕けた口調で言った。もちろん遥香への言葉だ。それなのに、たまきが大きく頷いた。

「あい。大地さまの休日と言えば、食べて寝てテレビを見て、庭で歌って踊るだけでございます」

それは、たまき自身のことだ。少なくとも、大地は庭で歌ったことはない。だが、遥香は真に受けた。

「面白いんですね」

「あい。大地さまは面白おかしい人でございます」

たまきが即答した。これも自分のことだ。

「上には上がいるから」

大地が言うと、遥香がくすくす笑った。そして、大地の顔を見た。本題に入るかと思ったが、別の質問をした。

「大地先輩とたまきさんは、ど、どんな関係でいらっしゃいますか？」

また言葉が震えている。しかも、先輩と呼ばれた。まだ学生だから他に呼びようがないのかもしれない。そう思っていると、たまきが適当な返事をした。

「『強敵』と書いて『とも』と読む関係でございます」

テレビを禁止する時期に来ているようだ。これでは、ただの変人だ。二十六歳になる男を、そんなふうに紹介してはならない。

「それは、いったい……」

遥香が戸惑っている。大地は慌てて訂正した。

「たまきは、店の従業員だよ」

「従業員……？　恋人とか婚約者とかじゃあ――」

「そんなふうに見える？」

「いえ」

即答だった。まあ、そうだろう。見えるわけがない。見えたら驚きだ。

遥香は、なぜか、ほっとしたような顔になり、ようやく話を切り出した。

「祖母は、私のために大地先輩のお父さまと結婚しようとしているんです」

大地は、その言葉の意味を考えた。だが、分からなかった。たまきも不思議そうな顔をしている。

「どういうことでございますか？」

「少し長くなりますが」

そんなふうに前置きして話し始めた。それは、遥香の両親と祖父の命を奪った事故に関係していた。

晩婚化の世の中だが、若くして結婚する者もいる。遥香の両親も二十歳で結婚し、娘を授かった。そのとき祖父母は五十歳にもなっておらず、遥香が生まれた後は、三世代で暮らしていたという。

「祖母は専業主婦ですが、祖父も両親も会社に勤めていました」

遥香の両親は職場結婚で、同じ会社に勤め続けていた。たまたまと言うべきか、彼女の祖父の会社も近くにあった。川越市内にあるオフィス街だ。両親は徒歩で、祖父は自家用車で通勤していたという。

「ときどきですが、祖父の運転する自動車で一緒に帰って来ることがありました」

三人とも残業の少ない職種だったこともあり、時間の合う日には待ち合わせて帰って来るのだ。仲のいい家族だったようだ。

「私が小学校に入った年のことです」

遥香の口調が暗くなった。何が起こったのか知っていたが、大地は口を挟まなかった。

「事故が起こりました。ダンプカーが突っ込んで来たんです」

信号待ちをしていたときに起こった事故だった。

「全員、即死でした。父も母も、祖父も、ダンプカーの運転手も助かりませんでした」

遥香の声は乾いていた。いまだに悲しみは癒えていないのだ。大地も、その事故をニュースで見ていた。運転していた遥香の祖父に落ち度があったわけではない。ダンプカーの運転手の居眠り運転が原因だった。

完全に被害者だが、祖母の加代は責任を感じた。自分の夫のせいだと涙を流した。

パパとママの代わりに、私が死ねばよかった。

ごめんなさい。

本当にごめんなさい。

ごめんなさい……。

何度も何度も、小学生の遥香に謝った。自分だって夫と我が子を失って悲しいだろうに頭を下げ続けた。

「祖母を恨んだことはありません」

遥香の言葉には気持ちがこもっていた。悪いのは祖父じゃない、と何度も加代に言ったのだろう。

「祖母は、私のことを必死に育ててくれました」

熱が出たときには、徹夜で看病してくれた。お弁当も作ってくれた。高校受験や大学受験のときには、お守りを買ってきてくれた。父親と母親の代わりを務めてくれたのだ。並大抵の苦労ではなかったはずだ。

「来年には社会人になります。少しは恩返しができると思っていたのに、介護施設に入ると言い出したんです」

加代の気持ちは、何となくだが想像できた。孫の就職が決まり、自分の役割が終わったと思ったのだろう。子どもの足手まといにはなりたくないと考える人間はたくさんいる。大地の父にもその傾向はあった。

「反対しました。介護施設に入らないで欲しいと頼みました」

これからも一緒に暮らしていたかったのだ。遥香が必死に頼むと、加代は介護施設に入ることを撤回した。そして、大地の父とのお見合いを決めてきた。

そこまで話を聞けば、加代が何を考えているかは想像できる。大地が思いついたことを、遥香は言った。

「介護施設に入る代わりに結婚するつもりなんです」

時の鐘の前で、遥香と別れた。

信樂食堂に帰る道すがら、大地は悩んでいた。遥香から聞いたことを、父に伝えるべきか分からなかった。

伝えなければ、このまま結婚してしまうような気もする。何しろ当人同士で決めてきたのだから、厳密に言えばお見合いではない。恋人を家族に紹介するシチュエーションに近い。

「加代さんのこと、好きなのかなあ……」

「嫌いでしたら、お家に招いたりしないのではございませぬか？」

正論だ。大地もそう思う。だからこそ悩んでいるのだ。

「好きな人に利用されたらショックだよなあ……」

「そういうものでございましょうか？」

「いい気持ちはしないと思うよ。介護施設代わりにされたわけだから」

「では、お父さまに話すのでございますね」

「それしかないよね」

大地は、ため息をついた。今日のことを父に話すべきだろうが、やっぱり言いにくかった。できることなら先送りしたかった。どう話していいのかも分からない。しかし、お見合いは来週に迫っている。猶予はなかった。

「大地さま、ふぁいとでございます」

たまきが応援してくれたが、大地の気は重いままだった。

大地とたまきが留守《るす》の間に、父が病院から帰って来ていた。テレビもつけずに茶の間に座っていた。二人の顔を見るなり聞いてきた。

「出かけていたのか？」

「ちょっと……」

躊躇《ためら》う気持ちはあったが、それでも遥香に言われたことを父に伝えようと思った。

だが、たまきが被《かぶ》せるように言った。

「かき氷さまを食べてまいりました！」

思い出したらしく、目を輝かせている。帰る道すがら話したことは忘れてしまったようだ。

「かき氷か。夏らしくていいな」

「あい。醤油《しょうゆ》のかき氷さまも、甘夏のかき氷さまも美味《おい》しゅうございました。今度、お父さまも一緒に来てくださいませ」

「それは楽しみだな」

父は返事をし、それから、仕切り直すように「二人とも、ちょっといいか」と言ってきた。

「何でございましょう」

「そこに座ってくれ」

卓袱台《ちゃぶだい》に写真が置いてあった。座布団に腰を下ろしながら、たまきが聞いた。

「どなたさまでございますか？」

「栗原加代さんだ」

「お父さまがお見合いするお相手でございますね」

「二人に写真も見せてなかったことに気づいてな。見合いするのは、この人だ」

遥香の祖母の写真だ。大地は目をやり、胸が跳ね上がった。死んだ母に似ていたからだ。

もちろん年齢も違うし、顔立ちも別人だ。でも、優しそうな雰囲気がそっくりだった。もし母が生きていたら、こんなふうに年老いたのかもしれない。父が、お見合いをする理由が分かったような気がした。

「美人すぎるお見合い相手さまでございます」

「そうだろう」

満足げに父は頷《うなず》き、大地に言った。

「見合いの日、おまえも一品でいいから料理を作ってくれ」

「え？　おれが？」

「嫌か？」

「そんなことないけど……」

「じゃあ頼んだぞ」

父は強引だった。またしても言うだけ言って、自分の部屋に行ってしまった。大地とじっくり話すことを避けているようでもあった。

結局、介護施設のことは言えなかった。


タイミングを逃すと、言えなくなるものだ。遥香から聞いた話を伝えられないまま、お見合いの当日を迎えた。

「そろそろ、たまきちゃんを呼んできてくれ」

食堂で父に言われた。このとき準備を終え、お茶を飲んでいた。加代と遥香は、正午に来ることになっている。昼食を一緒に取る予定だ。

自分で料理をすると決めたくらいだから、張り切ってご馳走《ちそう》を作るのだろうと思っていたが、メニューを聞いてみると、いつもと変わりがなかった。

「普段通りの料理を食べたいそうだ」

加代の要望であるらしい。信樂食堂のメニューに興味があるのかもしれない。

普段通りと言えば、料理だけでなく格好もそうだ。朝一番で理容店には行ってきたが、いつもの作務衣《さむえ》を着ていた。そのくせ大地にはこんなことを言った。

「おまえはスーツを着たらどうだ？　成人式に着たやつがあるだろ？」

「成人式って……。普通のスーツも持ってるよ」

就職していたのだから、さすがにスーツくらいは持っている。最近はまったく着ていないが。

「そうか。じゃあ、それを着ろ」

「それ、変だから」

お見合いする当事者が作務衣なのに、おまけの自分がスーツを着るのはおかしい。それに、料理をするのだ。スーツでは作りにくい。大地も父と同様に、いつもと同じ作務衣を着ていた。

大地の頭の天辺《てっぺん》から爪先《つまさき》までを点検するように見て、父が自分を納得させるように言った。

「まあ似合っているから、いいとするか」

大地がお見合いをするような言い草だ。何だか、おかしい。服装を気にするなんて父らしくなかった。緊張しているのかとも思ったが、それも違う様子だ。大地のことばかり気にしている。

いったい何なのだろう？

首を捻《ひね》っていると、父が催促した。

「とにかく、たまきちゃんを呼んできてくれ」

「うん……」

大地は、腑《ふ》に落ちない気持ちのまま食堂を後にした。父の態度は、納得できない。

たまきがどこにいるのかは予想がついた。

お気に入りのテレビ番組をやっていない時間は、たいてい庭にいる。この日も、そうだった。庭から声が聞こえた。

今さらだが、たまきは控え目に言って美人である。丸顔のせいで幼く見えるところも含めて、若手女優かアイドルのようだ。

ただ、それは黙っていればという注釈が付く。ちなみに、このときは黙っていなかった。

みんな出て　来い来い来い

おいらの友だちゃ
ぽんぽこ　ぽんの　ぽん

この暑い中、たまきは歌っていた。『証城寺《しょうじょうじ》の狸囃子《たぬきばやし》』を振り付きで熱唱している。両手を広げて腹を叩《たた》きながら全力で歌っている。ミュージカルのようでもあった。いずれにせよ、いつにも増して本気モードだった。

ノッているのは、たくさんのギャラリーがいるせいかもしれない。たまきを遠巻きにするように、近所の飼い猫や野良猫たちが集まってきていた。裏の喫茶店の猫もいる。全部で十四はいるだろうか。信樂食堂の広くもない裏庭に集合している。

歌声で動物が集まってくると言うと、童話や昔話の世界のようだが、猫たちはうっとりした顔をしていない。むしろ迷惑そうな目をしていた。

「苦情を言いに集まってきてるのかなあ……」

声に出さず呟《つぶや》いた。おそらく正解だ。猫は、人間の何倍も音に敏感だという。さぞや、うるさいことだろう。黒猫がため息をつくように「にゃあ」と鳴いた。うんざりしているようにも見える。

たまきは空気を読めない。しかも、「超」が付くほどの前向きな性格をしている。

猫たちが、自分の歌を聴きに来たと思っているようだ。とうとう煽《あお》り始めた。

「みなさま、ご一緒に！」

猫たちの目は、氷のようだった。迷惑行為を繰り返す人間を見る目だった。猫の世界に警察があったら、絶対に通報されている。そこまで迷惑がられているのに、たまきは気づかない。大地は、いたたまれなくなって声をかけた。

「たまき」

はっとした顔で、こっちを見た。普通の人間であれば、歌っているところを見られるのは恥ずかしいはずだが、たまきはひと味もふた味も違う。

「これは、大地さま！　一緒に歌いに来たのでございますねっ！　みなさま、大地さまがいらっしゃいましたっ！」

飛び入り参加を歓迎する歌手の口調だ。相手にすると、猫たちに仲間だと思われる。迷惑な人間リストに載ってしまう。

大地は、たまきの言葉を聞き流して用件を伝えた。

「お見合いの時間だから食堂に来て欲しいって」

「忘れておりましたっ！」

慌てた顔で返事をし、猫たちに声をかけた。

「今日はここまででございます」

その言葉を聞いて、猫たちが一斉にほっとした顔になった。


約束の時間になった。加代と遥香は、少しだけ遅れてきた。

「忘れ物をして取りに帰ったんです。本当にすみません」

加代が謝った。今日、遥香は大学の講義があり、二人は駅前で待ち合わせをしていたという。遅れないように余裕を持って出かけたはいいが、途中で財布を忘れたことに気づいて取りに帰ったようだ。しかも、その話にはおまけが付いていた。

「カバンに入ってたんです」

それに気づかずに、家に帰ったのだった。財布をカバンに入れたこと自体を忘れていたのだ。

「こんな大切な日にごめんなさい」

加代がまた謝った。遥香が暗い顔をしている。たいした遅刻でもないのに、二人とも気にしすぎだ。

「誰にでもあることですよ」

父が応じると、たまきが大きく頷《うなず》いた。

「わたくしも、よく忘れまする。ごはんを食べたのを忘れて、二度三度と食べることもございます」

忘れすぎである。ただ、たまきの場合、忘れたふりをして食べている疑惑があった。

「今も、お腹が空《す》いております！」

威張ることではあるまいが、話を進める一言だった。

「食事にしましょう。そちらの席に座ってください」

父が加代と遥香に言い、窓際の席に案内した。お茶を出すのはたまき、料理を出すのは大地の役割だった。厨房《ちゅうぼう》に行き用意してある食事を運んで来た。

「父の得意料理です」

テーブルに置いたのは、竹製のお櫃《ひつ》だ。その中に料理が入っている。

大地が生まれる前から厨房に立っている父は、いろいろな料理を作ることができる。どの料理も美味《おい》しいが、一番得意と言えばこれだろう。

父が、自分で作った料理を紹介し始めた。

「羽釜《はがま》で炊いたものです」

何はなくとも、飯がなければ定食屋は始まらない。信樂食堂を支えてきたのは、間違いなく父の炊いたごはんだ。常連客からの評価も高く、父の炊くごはんを目当てに通ってくる者も多い。

「炊き込みごはんにしてみました」

大地は、父の声を聞きながらお櫃の蓋《ふた》を開けた。しっかりと蒸らされている。そして、大振りに切った里芋が炊き込まれていた。それを見て、たまきが反応した。

「里芋ごはんどのでございますっ！」

「まあ美味しそう」

加代は言った。お世辞ではなく、言葉が飛び出したようだった。

「間違いのない逸品でございまする」

たまきが太鼓判を押した。そして、何を思ったのか語り始めた。

「里芋ごはんの歴史は古《ふる》うございます」

「昔からあったの？」

「あい。伝統的なかて飯でございます」

かて飯とは、あわ・ひえ・麦・大根・芋・海藻などを加えて炊いたもののことだ。

最近では、その呼び名は聞かなくなった。

「白いごはんさまを食べるのは、贅沢《ぜいたく》でございました」

米の消費を抑えるために、穀物や野菜を混ぜて炊いたのだ。

「そのころから作り方は変わっておりませぬ」

そう言って、たまきは諳《そら》んずる。

米壱升《いっしょう》に里芋壱升をよく洗ひ
大きなるは二つに切
小《ちい》さきは其儘《そのまま》にて米と一所《いっしょ》にかきまぜ塩を程よく入れて焚《た》くべし

現代の言葉ではないが、何となく意味は分かった。里芋ごはんの炊き方だ。確かに、今と変わりがない。単純な料理だけに完成されていたのだろう。

一同の顔を見ながら、たまきは続けた。

「『都鄙安逸伝《とひあんいつでん》』という本に載っております」

天保《てんぽう》四（一八三三）年に刊行されたとも言われている料理書のことだ。飢饉《ききん》に備えた米の節約法が記されており、かて飯の作り方が掲載されているという。どこでおぼえてくるのか、たまきは昔の料理に詳しかった。

「江戸時代の芋飯どのは、里芋さまを炊き込んだものが主《おも》でございました」

「へえ……。さつまいもじゃなかったんだ」

「あい。わたくしの長屋では里芋さまが多ございました」

「わたくしの長屋？」

「そ、そ、そうではなく、て、てれびでやっておりましたっ！」

何やら慌てている。様子がおかしいのはいつものことなので、気にしなかった。父もそうらしく、たまきの説明に付け加えるように料理の解説をした。

「里芋も、小江戸らしい野菜なんです」

さつまいものイメージが強い埼玉県だが、里芋も名物と言っていい。国内取扱量の約半分を占めている。川越市にも里芋農家はたくさんあった。里芋にかぎらず、信樂食堂ではなるべく地元で獲れた野菜を使っている。

「旬から外れていますが、夏の里芋も控え目な旨《うま》さがあります」

品種によって違いはあるが、秋から正月にかけて旬を迎えるものが多い。正月料理に使われることも多い野菜だ。そのころのものに比べると、夏に収穫された里芋はさっぱりしていた。

「お父さま、冷めてしまいます」

たまきが催促した。自分だって蘊蓄《うんちく》を披露していたのに、待ちくたびれた顔だ。

「早く食べとうございます」

「そうだな」

軽く頷き、人数分の里芋ごはんを茶碗《ちゃわん》によそった。炊き立てのごはんと里芋の香りが強くなった。湯気まで美味しそうだった。

「たまりませぬ！」

看板娘が声を上げた。我が家には、たまき専用の茶碗があった。たぬきの絵柄の大きな茶碗——ほとんど丼《どんぶり》だが、そこに里芋ごはんをよそってもらっていた。

「お父さまの勝負飯、実食させていただきます」

勝負飯という言葉もおぼえたようだ。まあ、お見合いなのだから使い方としては間違っていない。

「いただきます」

加代と遥香が続けた。大地も茶碗を手に取ったが、父が止めた。

「ちょっと待ってくれ」

「まさかのお預けでございますかっ！」

たまきが悲鳴を上げた。今日一番の大声だった。

「すまん、すまん。仕上げを忘れていた」

そう言って厨房に行き、すり鉢を持って来た。何をするつもりなのかは、すぐに分かった。うっかりしていた。配膳《はいぜん》する前に、大地が気づくべきだった。

「里芋ごはんには、こいつをかけないとな」

言い訳するように呟《つぶや》き、ゴリゴリとすり始めた。香ばしいにおいが、食堂中に広がった。誰もが知っている食材の香りだ。

「黒ゴマさまでございますね」

たまきが鼻を蠢《うごめ》かしながら言うと、父が首を縦に振った。

「そうだ。里芋ごはんには黒ゴマが定番だからな」

父が言うと、たまきが頷《うなず》いた。

「身体にもよろしゅうございます」

黒ゴマは、「長生不老食」とも呼ばれている。栄養素がぎっしりと詰まっている。特に、外皮の色素成分である黒ゴマポリフェノールは、赤ワインに含まれるポリフェノールの何倍もの抗酸化作用があり、若返りを促すという説もあった。

「たっぷりかけて食べるとしよう」

「あいっ！　黒ゴマ増し増しでお願いいたしますっ！」

「任せておけ」

父が、全員分の里芋ごはんに黒ゴマをかけた。彩りも抜群だ。適当にやっているようにしか見えないのに、父は盛り付けのセンスもいい。大地の喉《のど》がゴクリと鳴った。

「今度こそ食べていいぞ」

父に言われて、改めて里芋ごはんを食べた。

最初に感じたのは、やはり黒ゴマだ。香ばしさが口いっぱいに広がった。嚙《か》むと、ねっとりした里芋が黒ゴマと混じり合う。硬めに炊いたごはんが、黒ゴマと里芋を包み込んでいる。

「絶品でございますっ！　星三つでございまするっ！」

たまきが絶賛した。たぬき茶碗は空だった。大地が一口食べる間に、完食してしまったようだ。

「黒ゴマさま、里芋さま、ごはんさま。最強のトリオでございました」

満たされた声で言ったが、父は賛成しなかった。珍しく煽《あお》るような口調で言った。

「まだまだ、こんなものじゃないぞ」

「なんと！　本番はこれからなのでございますね」

「ああ。そうだ」

父は、テーブルの上を指差した。そこには、大地の作った料理がある。

「みそ汁や小鉢と一緒に食べてみるといい」

特別なものを作ったわけではない。いつも店で出している料理だ。父が倒れた日から、毎日のように作っていた。

「油あげと玉ねぎのおみそ汁さまでございますね」

たまきが椀《わん》をのぞき込むようにして言った。長ねぎを使っても美味《おい》しいが、玉ねぎを入れると甘みが出る。油あげともよく合った。

「大地のみそ汁だ」

父はたまきに返事をし、それから加代と遥香に言った。

「食事をするとき、たいていの人はみそ汁から食べます。つまり、店の第一印象はみそ汁で決まるんです」

いきなりハードルを上げられたが、本当のことだった。旨《うま》い定食屋のみそ汁は、例外なく味がいい。

「とっても美味しいわ」

加代が褒めてくれた。口に合ったらしく、ちゃんと食べている。里芋ごはんも減っていた。食欲はあるようだ。

「小鉢も美味しゅうございます」

「ああ。上出来だ。これだけのみそ汁と小鉢を作れれば、定食屋として食いっぱぐれる心配はない」

父が合格点をくれた。今日は、やけに大地を立ててくれる。少し言いすぎにも思えた。

「ちなみに、大地さま、こちらの小鉢は何でございましょう?」

「ミョウガの甘酢漬けだよ」

大地は、自分で作った料理を紹介した。ミョウガを軽く茹《ゆ》でて、砂糖、塩、酢で漬けたものだ。

加代がそれを見て呟くように言った。

「ええ。酢のおかげです」

「綺麗《きれい》ね」

ミョウガに含まれるアントシアニンが酢に反応して、ピンク色になるのだ。もちろん、見た目だけの食べ物ではない。ミョウガにはカリウムが比較的多く含まれている。カリウムは体内のナトリウムを排出するので、高血圧を予防する効果がある。

また、香りの素《もと》となっているαピネンには、消化と血行を促進する効果があり、発汗と解毒作用を期待できる。若くはない加代と父の身体を気遣って作った料理だ。

ちなみに、ミョウガを食べると物忘れが激しくなるという俗説があるが、そんな成分は含まれていない。ただの迷信だろう。

「見かけだけじゃなく味もいい。里芋ごはんには、最高のアクセントだ。ごはんにのせて食べても旨いぞ」

父の言葉を聞いて、たまきが丼を突き出した。

「大地さま、おかわりを！　わたくしにおかわりをくださいませ！」

信樂食堂の看板娘は必死だった。食欲が爆発していた。

食事は進んだ。雰囲気はよかった。父にしても加代にしても恋愛という感じはしないが、若者ではないので、こんなものなのかもしれない。

二人とも自分たちの話はせず、大地と遥香のことばかり言っている。何かにつけて大地に話を振ってきた。遥香はずっと黙っているので、大地ばかりがしゃべっていた。

やがて、その話も尽きた。そして尽きたのは話だけではなかった。

「お櫃《ひつ》が空になってしまいました」

たまきが泣きそうな顔をした。里芋ごはんを丼三杯も食べたくせに、食べ足りないようだ。しかし、ごはんがなくなってしまった以上、食事はおしまいだ。父も加代も箸《はし》を置いている。

お茶でも淹《い》れようかと立ち上がりかけたときだった。声が上がった。

「——ごめんなさい」

遥香だった。思い詰めた顔で、鐘つき茶房で大地に話したことを繰り返した。

「祖母は、私のために結婚しようとしているんです」

何もかもを話してしまったのだった。介護施設の代わりにしようとしていると言ってしまった。父がショックを受けただろうと、大地は慌てて顔を見た。平然としていた。眉《まゆ》一つ動かさず、遥香に言った。

「知っていましたよ」

「ええっ？　知ってた？」

大地は驚き、聞き返した。

「そうだ。最初から知ってたんだ」

当たり前のことのように言って、改めて遥香に向き直った。

「見合いをすると決めたときに、加代さんから話を聞きました。介護施設の代わりになれるなんて光栄ですよ」

嘘をついている口調ではなかった。ただ、祖母を庇《かば》っている可能性があると思ったのだろう。遥香が、加代に念を押すように聞いた。

「おばあちゃん、本当?」

「ええ。本当よ。昇吾さんを騙《だま》すような真似をするわけないでしょう。何もかも話してあるわ」

「何もかもって――」

「何もかもよ」

加代が遮るように言うと、遥香が口を噤《つぐ》んだ。当事者二人が承知の上のことならば、外野があれこれ言うことではないと思ったのだろう。大地もほっとした。

「一件落着でございますね」

たまきが言った。ゆったりとした空気が戻ってきた。お見合いが上手《うま》くいったように思えた。

だが、そうではなかった。ここで思いがけないことが起こった。加代が、すべてを引っ繰り返す一言を発したのだった。

「でも、やっぱり介護施設に入るわ」

この台詞《せりふ》には驚いた。遥香も目を見開いている。その顔のまま質問をした。

「介護施設に入るって、結婚するんじゃないの？」

「結婚？　誰が？」

「おばあちゃんよ。結婚するつもりだったんでしょ？　お見合いは、どうするのよ？」

「お見合いはしてるじゃない」

「そうじゃなくて――」

なおも責め立てようとする遥香を遮るように、父が口を挟んだ。

「賛成です」

「え？」

大地は思わず聞き返した。

「賛成って何が？」

「加代さんが介護施設に入ることに決まっているだろう。年を取ったら、老人ホームに入るのは悪くない」

返事をする父の口調は落ち着いていた。ただ、その内容がよくない。あんまりな発言だと思った。

「加代さんに失礼だよ」

大地は諫《いさ》めた。しかし、父は自分の言葉を撤回しなかった。

「失礼？　介護施設に入ることに賛成するのが、どうして失礼なんだ？」

「それは……」

返事をできなかった。説明できないのではなく、言いにくい言葉だったからだ。すると、父が苦笑いを浮かべて、さらに聞いてきた。

「おまえ、介護施設を姥捨山《うばすてやま》だと思っていないか？」

図星だった。よい印象を持っていなかった。父が介護施設に入ると言ったら、たぶん反対しただろう。年老いた親を捨てる場所というイメージがこびりついていたのだ。

介護施設をそんなふうに思うことは間違っている。分かってはいたが、偏見は抜けなかった。大地が返事に窮していると、加代が話を進めた。

「実は、施設も選んであるの」

「選んである？」

「病院の先生に聞いたら、教えてくれたのよ」

かかりつけ医がいるのだろう。身内よりも医者に相談する高齢者は多い。

「市内に素敵な施設があって、そこに入るつもりで資料も取り寄せてあるわ。見学にも行った」

遥香の知らないうちに進めていたのだった。最初から、父と結婚するつもりはなかったのかもしれない。

「どうして？　どうしてなの？」

泣きそうな顔で、遥香が言った。加代は困った顔をしている。割って入ったのは、父だった。

「ゴマをする理由を知っていますか？」

唐突な質問だった。しかも、よく分からない質問だ。戸惑いの空気が流れた。誰も返事をしなかった。すると父が解説を始めた。

「ゴマは外皮が硬いので、すらずに食べると消化されることなく排出されてしまうんです」

料理人なら誰もが知っていることだ。すり潰《つぶ》すことで、表皮付近に集中している栄養を効率よく吸収することができる。

「面倒に思えることでも、ちゃんと意味があるんです」

ゴマのことは分かったが、それが介護施設とどう関係するのか分からなかった。

「お話が難しゅうございます」

たまきが、眉間《みけん》にしわを寄せて抗議した。父は頭をかきながら謝った。

「そうだな。すまなかった。年を取ると話が回りくどくなってなあ」

それから真顔に戻り、遥香に言った。

「介護施設に入ったほうが、一緒にいられる時間が長くなると思いますよ」

「一緒にいられる時間……ですか？」

腑《ふ》に落ちない顔をしている。大地も分からない。

「年寄りの身体は、若者とは違うのよ」

加代が言った。その台詞を聞いて、やっと父や加代の言おうとしていることが分かった。父が入院したときに、医者や看護師から注意を受けたことを思い出したからだ。年を取れば病気にかかりやすくなるし、身体も弱くなる。転んだだけで骨折をすることも珍しくない。肉体だけでなく脳や心も老化する。鬱《うつ》傾向になったり、物忘れが激しくなったりする。

「私は――」

遥香は食い下がろうとするが、加代は首を横に振った。

「あなたも、これから忙しくなるでしょ。社会人になるんだから」

反論することのできない台詞だった。新入社員は自由が利かない。仕事で遅くなる日もあれば、出張もあるだろう。

大地は、父が倒れた日のことを思い出した。隣家の森福《もりふく》が救急車を呼んでくれたから事なきを得たが、誰もいなかったら父は死んでいた。同じことが、加代の身に起こらないとは言えないのだ。

沈黙が流れた。大地は何も言えない。遥香も口を閉じたままだ。父も加代も言うべき言葉を失ったような顔をしている。

その沈黙を破ったのは、信樂食堂の看板娘だった。

「ミョウガさまも、おみそ汁どのも最高でございました！」

父の台詞に抗議をしたくせに、その後の介護施設の話を聞いていなかったようだ。ずっと食べ物のことを考えていたらしく、誰にも頼まれていないのに採点を始めた。

「大地さまのお料理も星三つでございます」

すっかり自分の世界に入り込んでいる。誉めてくれているようなので、とりあえず話を合わせた。

「それは、どうも」

この返事は、たまき的には駄目だったようだ。ため息をつかれた。

「星三つで満足してはなりませぬ。料理に限界はございませぬぞ」

なぜか、説教をされている。しかも、どこかで聞いたような台詞だった。

「星三つ以上の料理は作れないよ。たまきでも無理でしょ？」

試しに言ってみると、娘がチッチッチと指を左右に振った。

「すいーつ町娘と呼ばれたわたくしが、星四つのでざーとをお振る舞いいたします」

「あい。皆様のために作ってありまする」

「それって江戸のデザート？」

たまきは、江戸時代の料理を得意としている。その料理で救われたこともあったし、勉強にもなった。信樂食堂のメニューにも取り入れているが、客の評判もいい。

だが、たまきは首を横に振った。

「いつもいつも、お江戸ではございませぬ」

「江戸じゃない？」

「あい」

「じゃあ、明治時代？　大正時代？」

「違いまする」

「もしかして平安《へいあん》時代とか？」

「外れでございまする」

「まさか縄文《じょうもん》時代じゃないよね？」

大地は聞いた。お見合いを忘れそうになるくらい気になったが、たまきは教えてくれなかった。

「見てのお楽しみでございまする」

「え？　デザート？」

もったいぶった言葉を残して厨房《ちゅうぼう》に消えた。

すでに作ってあったようだ。たまきは、すぐに戻ってきた。歩きながら話し始めた。

「すいーつ小町の星四つでざーとでございます」

〝町娘〟が〝小町〟に出世している。それだけ自信があるのだろう。たまきは、テーブルに辿《たど》り着き、ジャーンと言わんばかりに置いた。

「まずは、目でお楽しみくださいませっ」

今に始まったことではないが、偉そうだった。ふんふんと鼻息が荒い。

「まあ……」

加代が、ため息を漏らした。きらきらと輝く宝石のような食べ物が、ガラスの器に盛られていた。透明感のある赤と青のスイーツが、サイコロのように切られている。

大地は、たまきに聞いた。

「ゼリー？」

「違いまする」

たまきは首を横に振り、大地の知らない名前を言った。

「琥珀糖《こはくとう》でございます」

「琥珀……糖……？」

この言葉に返事をしたのは父だった。知っていたらしく作り方を説明した。

「寒天に砂糖や水飴《みずあめ》を加えて煮つめ、冷やし固めたゼリー状の和菓子のことだ」

「あい。その通りでございます」

たまきは相槌《あいづち》を打ち、蘊蓄《うんちく》を付け加えた。

「江戸時代は、金玉羹《きんぎょくかん》と呼ばれておりました」

クチナシの実で着色されていたらしい。また、その美しい透明感から、水や川、空に見立てられることも多いという。SNS映えする菓子であることもあって、現代の若者にも人気があった。

「時代は、いんすた映えでございます」

いつかの台詞《せりふ》を繰り返したのだった。

「つまり江戸時代のお菓子だよね？」

「世の中、ぜろか百かではございませぬ」

それらしき台詞を言ったが、返事になっていない。それ以上の説明をするつもりはないらしく、全員に言った。

「食べてみてくだされ」

最初に手を伸ばしたのは父だった。

「ご馳走《ちそう》になるとしよう」

たまきの作ったデザートに興味があるようだ。料理人の顔になっている。何歳になっても好奇心旺盛《おうせい》だ。大地も琥珀糖を取った。

杉板焼きに麩《ふ》の焼き、江戸のインスタントみそ汁、黄身の醤油《しょうゆ》みりん漬け。たまきは、今までいろいろな江戸料理を作ってきた。どれも美味《おい》しかった。父が倒れて客のいなくなりかけた信樂食堂がやっていけているのは、彼女の力が大きい。

だが、これは江戸料理ではないという。確かに、現代的な色をしている。少なくとも、クチナシの実で着色したようには見えなかった。

「いただきます」

大地は、たまきの作った琥珀糖を口に入れた。その瞬間、疑問が解消した。味と香りで分かった。

「かき氷のシロップ？」

「正解でございます！」

クイズ番組の司会者のように言って、テーブルに二本の瓶を置いた。ブルーハワイと苺《いちご》のシロップだ。

「かき氷さまを食べに行ったときに思いつきました」

メニューを舐《な》めるように見ていたことを思い出した。ただの食い意地の張った娘ではなかった。

「かき氷？　そういえば、そんなことを言っていたな」

父が呟《つぶや》くと、たまきが頷《うなず》いた。

「あい。大地さまと遥香さまと一緒に参りました」

バラしてしまった。遥香が顔を赤くした。

そんな孫娘を見て、加代がからかうように言った。

「あら、ずいぶん仲よくなったのね」

「仲よくっていうか……」

遥香がぼそぼそと言い返そうとしたとき、たまきが割り込んだ。

「あい。気の合う仲間たちでございます」

自分で言う台詞ではないが、加代は笑った。たまきの言葉がうれしかったようだ。

「これからも仲よくしてあげてね」

「あたり前田のくらっかーでございます」

またしても古い。遥香は分からなかったらしく、うつむいている。スベろうと、たまきは自分のペースを崩さない。

「冷める前にお召し上がりください」

「もともと冷めてるよ」

冷蔵庫で固めた菓子だ。大地はもう一つ食べた。やっぱり琥珀糖は美味しかった。

食感がいい。外側はシャリシャリしているのに、中はプルプルしている。かき氷のシロップの甘い味がした。

不意に、遠い昔の夏の思い出がよみがえってきた。母と一緒に、かき氷を食べた記憶があった。

――お母さんのもあげるわね。

そう言って、ろくに手を付けていないかき氷をもらったことがある。氷いちごだった。二度とは戻らない日の思い出だ。

琥珀糖を食べ終えた後、父が加代に言った。

「大地が嫁をもらったら、自分も介護施設に入るつもりです。そのときに、この見合いの続きをしてもらえませんか？」

その言葉は、まるでプロポーズのように聞こえた。

「もちろんですわ」

加代が答えると、父はうれしそうな顔をした。やっぱり、彼女のことを好きなのかもしれない。何歳になっても、恋をすることはあるような気がする。

大地は、黙って二人の様子を見ていた。加代の目が潤んでいるように見えたのは、きっと気のせいだろう。

お見合いは終わった。加代は、食堂の前に置いてある信楽焼《しがらきやき》のたぬきを撫《な》でるようにしてから、帰路についた。

小さくなっていく二人の背中に、父が声をかけた。

「また食べに来てください」

その声は届かなかったらしく、加代も遥香も振り返らなかったが、父は重ねて声を上げなかった。ただ、じっと見送っていた。

加代と遥香が見えなくなると、父は自分の部屋に戻っていった。疲れたらしく何も言わなかった。急に無口になった。

思い返してみると、今日の父はおかしかった。そもそも、今すぐに結婚するつもりもないのに、お見合いの席を設けたのも解せない。

「親の心子知らずでございます」

たまきが、独り言のように言った。使う場面を間違っているような気もするが、後に大地のほうが間違っていたことを知ることになる。

誰もいなくなった食堂で、大地とたまきは後片付けを始めた。厨房《ちゅうぼう》の掃除をしていると、たまきが話しかけてきた。

「加代さまは、ミョウガがお嫌いなのでございましょうか？」

彼女の小鉢には、ミョウガが手付かずのまま残っていた。その意味を知るのは、もう少し後のことだ。

そのときは、何も気づかなかった。

第二話

片陰《かたかげ》——きみ思う夏のサンドイッチ

むすびcafé

縁結びの神様・川越氷川《ひかわ》神社のカフェ。お菓子やお料理、雑貨類が売られていて、観光客や地元民に絶大な人気を誇った。特にスイーツ類のファンは多かったが、惜しまれつつ二〇二〇年八月十日に閉店。

信楽食堂は、その日も朝から忙しかった。過去最高レベルに客が多かった。理由ははっきりしている。たまきの作った琥珀糖《こはくとう》をデザートに出したところ、SNSで話題になり観光客が来るようになったおかげだ。なぜか、店の前に置いてある信楽焼のたぬきもアップされていた。

「大儲《おおもう》けでございます！」

たまきは言うが、安い値段で提供しているのでたいした利益にはなっていない。それでも売上げは増えていた。儲《もう》け以上に充実感があった。

働いていると時間が経つのが早い。あっという間に閉店時間になった。客もいなくなったので暖簾《のれん》を片付けようとしたときのことだ。琢磨《たくま》が店に入ってきた。

「大地ちゃん、まだ大丈夫かな？」

「うん。平気」

気安く返事をした。隣家ということもあって、琢磨とは親しくしている。仕事終わりや休憩の時間に、食事に来てくれることも珍しくなかった。たいていは一人か父親と来るのだが、この日は若い女性を連れていた。見おぼえのない顔だった。

誰だろうと思う暇もなく、琢磨が紹介した。

「吉田亜矢子《よしだあやこ》さん。うちの店の常連なんだ」

大地と同い年くらいだろうか。ショートヘアーで、ジーンズのよく似合う活発そうな女性だった。

「ぼーいっしゅ女子でございます」

たまきが、したり顔で言った。そんな言葉があるのか分からないが、確かに、「ボーイッシュ」という表現がぴったりとくる容姿をしている。

「いけめん女子でございまする」

何でも「女子」を付ければいいと思っているようだ。これもテレビの影響だろうか。

注意すべきか考えていると、亜矢子が口を開いた。

「ありがとう」

気を悪くしているようには見えなかった。言われ慣れているのかもしれない。異性からも同性からも人気を集めそうな雰囲気の持ち主だ。

とりあえず不快ではなかったようだ。大地がほっとしていると、たまきが再び勝手なことを言った。

「信樂食堂の若殿の大地さまと、一の子分のたまきでございます」

紹介したつもりらしいが、どこに出しても恥ずかしい発言だった。たまきの口を塞《ふさ》いでしまいたい。

　亜矢子はノリがよかった。ははは と明るく笑い、たまきに言葉を返した。

「一の子分なんて、かっこいいなあ」

　完全に子ども扱いされている。ほとんど小学生に話しかける口調である。だが、小学生扱いされたわけではなかった。後に知ったことだが、亜矢子は保育士だった。

「あい。かっこよさには自信があります」

　たまきは、うれしそうだ。子ども扱いされたのに、満足そうに笑っている。大地は、ますます恥ずかしい気持ちになった。

　赤面していると、亜矢子が琢磨と話し始めた。

「すごく素敵なお店ですね」

「うん。さっきも言ったけど、川越で一番の定食屋だよ。何を注文しても美味《おい》しいから。とりあえず本日のおすすめがいいかなあ」

　光栄だが、大きな問題があった。

「あの……」

「ん？」

「本日のおすすめ、終わってしまったんです」

「ええっ⁉」

「材料がないんです」

いつもより客が多かった上に、閉店間際なので仕方のないことだが、申し訳ない気持ちになった。

琢磨は、諦《あきら》めきれないらしく聞いてきた。

「本日のおすすめって何だったの？」

「煮込みハンバーグです」

昔からあるメニューではない。大地が厨房《ちゅうぼう》に立つようになってから出し始めた料理だ。前に働いていた洋食屋でおぼえたものだった。

牛肉と豚肉を同量ずつ合わせてハンバーグを作り、大地特製のデミグラスソースで煮込む。パンはもちろん、白飯にもよく合うメニューだった。常連客の中でも、三十代四十代の比較的若い層に人気があった。

「絶品でございました。おかわりをしてしまいました」

客に出す前に味見をするのだが、たまきは三皿も食べた。止めなければ、もっと食べただろう。

「え〜。ハンバーグ、食べたかったなあ……」

残念そうに言った琢磨に向かって、たまきが飲食店の店員とは思えない発言をした。

「早い者勝ちでございまする」

そんなルールはない。だいたい開店前に味見をするのだから、いつだって、たまきは勝つことになる。

「常勝無敗でございます！」

勝ち誇るように言ってから、さすがに少しは悪いと思ったらしく、取って付けたように琢磨を慰めた。

「気を落としてはなりませぬ。残り物には福があるという諺《ことわざ》もございます」

「残り物かあ……」

琢磨の呟《つぶや》きを聞いたとき、ひらめくものがあった。

――残り物。

その言葉が頭の中を駆け巡り、それを追いかけるように冷蔵庫の中身が思い浮かんだ。やがて大地の脳みそは、一つの料理を弾《はじ》き出した。これなら作れる。

「賄いみたいな料理でよければ――」

琢磨と亜矢子に言ったつもりだが、店員が真っ先に返事をした。

「食べまする！」

「賄いって憧《あこが》れます」

亜矢子が、うっとりした顔で言った。反応が、たまきに似ている。見た目は〝お姉さん系〟〝妹系〟と正反対だが、食欲旺盛《おうせい》という共通点があるようだ。

「大地さま、絶品小江戸賄い料理を三人前、お願いいたしまする！」

たまきが注文した。こうして店のメニューにない料理を出すことになったのだった。

料理はすぐにできた。冷めないうちにテーブルに運んだ。

「お待たせしました」

それを見て、琢磨と亜矢子が狐につままれたような顔になった。

「これ、ハンバーグじゃないの？」

大地が作ったのは、きのこの赤ワインソースがかかったハンバーグだった。きょとんとした顔で、琢磨がまた聞いてきた。

「材料がなかったんじゃないの？」

「ええ。だから、その材料を使わずに作りました」

「デミグラスソースがなかったってことかな？」

「いえ。デミグラスソースは、たくさん残っています」

「それって、どういうこと？」

琢磨が眉間《みけん》にしわを寄せた。大地は説明しようとしたが、二つの声が上がった。

「冷めてしまいます！」

「早く食べたいわ」

たまきと亜矢子だ。話を聞くよりも食べたいみたいだ。そんなところも、亜矢子はたまきに似ている。女子二人に押されるように、大地は言った。

「そうだね。琢磨さんも亜矢子さんも食べてみて」

その台詞《せりふ》を受けて、たまきが箸《はし》を手に取った。そして、いつもの言葉を発した。

「実食」


信樂食堂では、ハンバーグやエビフライなどの洋食も出している。もちろん定食屋の洋食だ。ごはんとみそ汁に合う洋食を心がけている。だから、希望のないかぎり箸で食べてもらっている。このときも、ナイフとフォークは出さなかった。

たまきは箸でハンバーグを切って、ぱくりと食べた。

「美味しゅうございます！」

元気いっぱいにそう叫び、それから、少し落ち着いた声で続けた。

「本日のおすすめのハンバーグとは味が違いまする」

どう違うのかまでは言わなかった。しゃべるより食べることに集中したいようだ。

そんなたまきに続いて琢磨と亜矢子もハンバーグを食べた。

「う～ん。肉汁たっぷり～。ジューシーで美味しいです」

亜矢子が言ってくれた。言葉は女子っぽいが、一口がたまきよりも大きい。見ていて気持ちがいいほどの豪快な食べっぷりだった。

一方、琢磨は豆腐作りに生涯を捧《ささ》げていて味覚も鋭い。豆腐以外の食べ物の知識もあり信樂食堂の味も知っている。食べた瞬間に、ハンバーグの正体を言い当てた。

「ポークハンバーグだよね、これ」

「はい。豚肉だけで作りました」

なくなってしまった材料は、牛肉であった。大地は、牛肉抜きでハンバーグを作ったのだ。ちなみに、信樂食堂のハンバーグは、牛肉と豚肉の配合によって大まかに四種類に分けられる。

アメリカ風ハンバーグステーキ。

ハンバーグステーキ。

煮込みハンバーグ。

それから、ポークハンバーグ。

アメリカ風ハンバーグステーキは牛肉だけで作る。いわゆるビーフ100パーセントというやつだ。信樂食堂では滅多に作らないが、ハンバーガーにぴったりの一品だ。

普通のハンバーグステーキを作るときは牛肉を多めに使い、煮込みハンバーグにするときは牛肉と豚肉を同量にする。豚肉を多く使って煮込んだほうが柔らかく仕上がるからだ。そして、このポークハンバーグだ。

「豚肉だけで作ったハンバーグは、あっさりしていてパンよりも米によく合います」

大地は説明を加えた。ポン酢やおろし大根でも美味《おい》しく食べることができる。今回は料理用の赤ワインがあったので、普段作らないソースを作ってみた。

「赤ワインの濃厚なソースが豚肉とよく合ってる。きのこの旨《うま》みが染み出てるよ。ごはんが欲しくなっちゃったよ」

琢磨が言うと、即座に賛成の声が上がった。

「丼《どんぶり》にごはんをくださいませ！」

「私も！」

亜矢子も食べる気いっぱいだ。丼飯上等の体育会系のノリだった。

「まさか、ごはんも売り切れ？」

琢磨が催促するように言った。幸いなことに、ごはんは残っていた。

「すぐに用意します」

「ありがとうござ――」

そう言いかけたのは亜矢子だ。だが、言葉の途中で何かに気づいたように、はっとした顔になった。そして箸を置いてしまった。突然、雰囲気が変わった。

大地は心配になり、問いかけた。

「どうかしましたか？」

料理に異物――髪の毛などが入っていたのかと思ったのだ。細心の注意を払ってはいるが、常にその可能性は否定できない。だが、そうではなかった。

「食べちゃ駄目なのに……」

泣いているような声で言った。大地は、意味が分からない。理由を聞こうと思ったが、たまきの言葉のほうが早かった。

「まだ、たいして食べておりませんっ！　本番は、これからでございますっ！　丼さまが待っておりまするっ！」

その台詞には、気持ちがこもっていた。

「丼……」

亜矢子の喉《のど》がごくりと鳴った。しかし、すぐに雑念を追い払うように首を横に振りながら、たまきに返事をした。

「でも太っちゃうから」

「太っちゃう？　それってもしかして？」

大地が聞き返すと、亜矢子が消え入りそうな声で答えた。

「私、ダイエットしたいんです。痩《や》せたいんです」

ダイエットは永遠の流行《はやり》だ。

美容の問題だけでなく、肥満はいろいろな病気を引き起こす。予防や治療の必要がある。男女を問わず痩せたがっている人間は多い。信樂食堂でも、低カロリー料理を出してくれと言われることがあった。だが。

「それ以上、痩せるのでございますか？」

たまきが不思議そうに聞いた。その疑問はもっともなものだった。亜矢子は引き締まった体形をしていた。

聞けば、学生時代に長距離走をやっており、今でもマラソン大会に出ているという。ダイエットする必要があるとは思えなかった。

「おれもそう思うんだけどなあ」

琢磨が言うと、亜矢子は頬を赤くした。なぜ赤くなったかは、次の台詞で分かった。

「好きな人ができたんです。少しでも綺麗《きれい》になりたくて」

「乙女心でございますな！」

たまきのテンションが、また上がった。信樂食堂にやって来てテレビを見るようになってから、すっかり恋愛脳になっていた。

「うん。乙女心」

亜矢子が応じた。照れているようで、はっきりしている。乙女心と言われてしまうと、大地にはよく分からない。痩せていれば綺麗というわけではないと思うが、彼女には彼女なりの美意識があるのだろう。

「大地ちゃんにダイエット料理を教えてほしいんだ」

「え？　教える？」

「うん。もともと、ぼくが相談されたんだけどね。豆腐以外の栄養のバランスとか分からないからさ」

琢磨が言い訳するように言った。頼み事をするのを申し訳ないと思っているようだ。

確かに面倒な頼み事だ。しかし、ダイエット料理には興味があったし、琢磨に頭を下げられては断れない。厨房《ちゅうぼう》に立つようになってから、何度も助けられていた。

ただ、すぐには思い浮かばない。時刻も遅かった。

「やってみますが、少し時間をもらってもいいですか？」

「もちろんです」

亜矢子が頷《うなず》き、日を改めることになった。

今日の話は終わった。二人が帰っていった。閉店時間をとっくにすぎている。今度こそ店じまいすることにした。

「暖簾《のれん》を入れてもらえる？」

「あい。超得意でございます」

たまきが颯爽《さっそう》と出ていったが、すぐに戻って来た。ずいぶん速いなと目をやると、暖簾を持っていなかった。

「大地さま」

「ん？　どうかしたの？」

「琢磨さまが戻って来られました」

「え……？」

驚いていると、再び琢磨が顔を見せた。

「何度もごめん」

「琢磨さん、忘れ物？」

「いや、そうじゃなくて」

「お腹が空《す》いたのでございますね？」

「違う、違う」

琢磨が、たまきの質問にも首を横に振った。その二つ以外の用事は思いつかなかった。時間が時間だけに、雑談をしに来たわけではなかろう。たまきと二人で首をひねっていると、琢磨が続けた。

「亜矢子ちゃんのことで言い忘れたことがあってね」

その言葉を聞いて、たまきと大地は会話を始めた。

「好きな食べ物とかでしょうか？」

「ああ。そう言えば聞いてなかった」

「好き嫌いは重要でございます」

「アレルギーとかもあるからね」

「命にかかわりまする」

「うん。聞いておかないと」

たまきと二人で頷き合っていると、琢磨が強い口調で言った。

「そうじゃなくて！」

あまりの剣幕に大地とたまきは口を閉じ、琢磨の顔を見た。怒った顔をしている。なぜ怒られたのか、二人とも分からない。きょとんとしていると、琢磨が謝った。

「……ごめん」

「いや、いいけど……」

返事をしながら気になった。琢磨がこんなふうに大声を出すのは珍しい。

「本当にどうかしたの？」

促すように聞くと、小さな声で呟《つぶや》いた。

「実は、おれ……」

「はい？」

「亜矢子ちゃんのことが好きなんだ」

琢磨の顔は、真っ赤だった。

森福豆腐店の跡取りである琢磨は、面倒見がいい。悪く言えばお人好《ひとよ》しで、商店街の世話役を押し付けられたり、客に相談を持ちかけられたりすることが珍しくなかった。そんな琢磨が、客の一人に恋をしたというのだ。

「祝言《しゅうげん》を挙げるのでございますね！」

たまきが、決め付けるように言った。

「しゅ……祝言って……。そ、そんな関係じゃないからっ！　違うからっ！　おれの片思いだよ」

「なるほど。片思いでございますか」

たまきが相槌《あいづち》を打ったが、理解しているかは謎である。大地は黙っていた。恋愛の話は、聞いているだけで照れてしまう。

「うん。片想い。最初はただのお客さんだったんだ。それが何度か来るうちに話すようになって――」

「告白しようと思わなかったのでございますか？」

「だって、お客さんだし……」

その気持ちは、大地にも理解できた。ましてや成就するか分からない恋なのだ。下手な真似はできない。

そんなある日、亜矢子から相談を持ちかけられた。

――琢磨さんにしか言えませんが、好きな男性がいるんです。

そして、「痩《や》せたい」と言い、どんな食事をすれば痩せるのか、と聞いてきたのであった。琢磨は豆腐のプロだが、料理人ではない。不十分な知識で返事をするのをよしとせず、信樂食堂に連れて来たということだった。話の流れは分かった。だが、疑問があった。

「相談に乗っちゃってよかったの？」

亜矢子の恋が上手《うま》くいったら、琢磨は失恋することになる。失恋の手助けをすることになるのだ。

「まったく嫌じゃないと言ったら嘘になるけど、好きになった人には幸せになって欲しいからさ」

彼らしい言葉だった。やっぱり、お人好しだ。琢磨は、自分の気持ちを押し殺すようにして頭を下げた。

「亜矢子ちゃんのために美味《おい》しいダイエット料理を作ってやってください」

琢磨の恋心を思うと複雑な気持ちになったが、引き受けたからには全力を尽くさなければならない。下手な料理を作ったら、信樂食堂だけでなく琢磨の面子《メンツ》も潰《つぶ》れてしまう。

三日後の休憩時間のことである。大地とたまきは、食堂で一息ついていた。父は自分の部屋で休んでいた。最近、店が忙しいせいか疲れているようだ。少し元気もなかった。一方、たまきは疲れを知らない。

「小江戸だいえっとごはんでございますね」

「小江戸要素を入れるのは無理だから」

「作る前から諦《あきら》めてはなりませぬ」

「それはそうだけど、小江戸要素、必要？」

「考えるまでもございませぬ。信樂食堂の売りでございましょう。必要でございます」

「まあ、そうかもしれないけど……」

大地は、メニュー作りに苦戦していた。ちなみに、ダイエット料理が思い浮かばなかったわけではない。むしろ逆だ。たくさんありすぎて悩んでいた。

書店や図書館に行けばダイエット料理の本が溢《あふ》れているし、テレビをつければ痩せる食べ物が特集されているし、たくさんのレシピがネットに上げられていた。それらを超える料理を作る必要があった。そのことを言っても、たまきは気楽だ。

「大地さまの手にかかれば、余裕のよっちゃんでございましょう」

「残念だけど、よっちゃんじゃないから」

「では、さっちゃんでございますか？」

「それは、バナナを半分しか食べられない女の子だから」

突っ込みながら、ため息をついた。たまきと遊んでいる場合ではなかった。問題は、ダイエット料理ということだけではない。いつもと勝手が違いすぎる。信樂食堂の客層は、中高年者がメインだ。亜矢子のような若い女性が、どんな味を好むのか分からなかった。

「若い女性か……」

約一名、すぐ近くにいることはいるが、参考になりそうにないタイプだった。

「大地さま。すごいことを発見いたしました！」

その約一名が、何の脈絡もなく話しかけてきた。大地は聞き返す。

「すごいこと？　何？」

「『すべてのお総菜は丼《どんぶり》になる』説でございます」

いつの間にか丼にごはんを盛り、賄いの肉じゃがをのせて食べている。昨日は昨日で、揚げ立てのコロッケを丼にして食べていた。朝食のたまごかけごはんや納豆ごはんも、丼で食べるのが習慣になっている。

「丼飯さま、最高でございます！」

いつもこの調子で、炭水化物を食べまくっていた。そのくせ、たまきは太っていなかった。いくら食べても太らない体質みたいだ。

「痩せようと思ったことある？」

「ありませぬ」

即答であった。肉じゃが丼を食べ終えて、お茶を淹《い》れ始めた。ちゃんと大地の分もある。さつまいもの形をしたお菓子を添えてくれた。

「こちらは、龜屋《かめや》さまのしゅーくりーむどのでございます」

「あ、『川越いもシュー』」

天明《てんめい》三（一七八三）年創業の老舗《しにせ》の菓子屋だ。川越を代表する名店であり、この川越いもシューには、さつまいもを使用したクリームがたっぷりと詰まっている。

「ありがとう」

せっかくだから食べてみることにした。クリームの甘さは控えめで、さつまいもの味がしっかりする。創業二百三十余年の歴史を感じさせる逸品だ。

美味しかったが、大地の気持ちは沈んだままだった。

「昔は、ダイエットなんてしなかったんだろうなあ」

ため息混じりに呟《つぶや》くと、たまきが反応した。

「そんなことはございませぬ」

「え？ 昔からあったの？」

「あい。『柳腰《やなぎごし》』が人気でございました」

「柳腰？」

「柳のようにほっそりとした腰のことでございます」

たまきが、食べ物以外の江戸知識を披露した。

「殿方に絶大な人気がございました」

一時期、柳腰の女性ばかりが美人画になったという。ちなみに美人画とは、今で言うブロマイドやポスターのようなもののことだ。初めは遊女が描かれていたが、だんだん水茶屋の女や小町娘が題材になっていったらしい。美人画に描かれることは、容姿自慢の娘にとってステイタスであった。

「娘たちは、柳腰に憧《あこが》れたものでございます」

芸能人やモデルに憧れるようなものだろうか。今も昔も変わりがないのかもしれない。痩《や》せたいという願望は、江戸時代からあったのだ。

「やっぱり痩せてたほりがモテたんだ」

「いえ。そういう単純な話ではございませぬ」

たまきが首を横に振った。その返事は意外だった。

「男性に人気があったんじゃなかったの？」

「それとこれとは別でございまする」

「別？」

「あい。柳腰の娘を嫁にしたがらない家が多かったのでございますよ」

「どうして？」

「跡取りを産めないと思われていたのでございます」

「そういうことか」

大地は納得した。無理に痩せることは、健康によくない。ましてや江戸時代のことだ。今ほど医学や栄養学も進歩していない。痩せすぎであるがために出産に差しつかえることもあっただろう。

「堅いお家ほど、柳腰の女性を嫁にいたしませんでした」

家長が許さなかったのだ。子どもを産まない女性を差別的な言葉で呼ぶこともあったくらいだから、柳腰の女性を嫁にしたがらないのは想像できる。

昔は今よりもずっと、結婚が女性の幸せだと考えられていた気がする。それなのに、縁遠くなってしまっては痩せた意味がない。

「なんか残念な話だね」

「たいていの人生は、残念なものでございます」

含蓄あるような雰囲気の台詞《せりふ》を言った。しかし、たまきはたまきだった。その口調のまま続けた。

「食べたいものを好きなだけ食べるのが一番でございます」

せっかくの蘊蓄《うんちく》も含蓄ある言葉も台なしだ。

「食べすぎも、身体に悪いから。気をつけたほうがいいと思うよ」

「食べすぎたことはございませぬ」

たまきが心外だという顔をした。平均的な成人女性の何倍ものカロリーを摂取していると思うが、確かに太る気配はないし、大地の知るかぎり健康そのものだ。裏庭で歌って踊っている以外、たいした運動もしていないと思うが、特異体質なのだろうか。

そして、健康そうなのは亜矢子も一緒だ。マラソンを続けているからか、筋肉質で、標準より細身に見える。痩せる必要は感じられなかった。下手なものを作って健康を害することになっても問題だ。ますますメニューに困った。

悩んでいる大地の傍らで、たまきが川越いもシューをパクパクと食べていく。

「さつまいものしゅ、、、、くりーむ、最高でございます！　美味《おい》しいは正義でございまする！」

ダイエット料理のことを考えるのが、馬鹿馬鹿しくなるような食べっぷりであった。

大地も、シュークリームをもう一つ食べた。

糖分を摂取しただけで、何のアイディアも浮かばないまま休憩時間が終わり、暖簾《のれん》を出した。その直後のことだった。信樂食堂の入り口の戸が開いた。

「いらっしゃいませ」

たまきが出迎えに行った。フットワークが軽い。こうしてカロリーを消費しているのかもしれない。大地も立ち上がり、午後一番の客を出迎えようとした。

「こんにちは」

明るい声とともに、若い女性が食堂に入ってきた。よく見知った顔だった。

「遥香さま、久しぶりでございます！」

たまきが話しかけた。やって来たのは遥香だった。お見合いが終わった後も、彼女とは親しくしていた。だいたい週に二度くらいの割合で、信樂食堂に来てくれる。加代と緒のときもあったが、ここ何度かは一人で来ている。

「久しぶりって、一昨日《おとどい》も来たじゃない」

「あい。四十八時間ぶりの久しぶりでございまする」

「言われてみれば、そうかも」

たまきの言葉に笑いながら応じた。二人は、すっかり仲よくなっていた。遥香も少し天然気味なところがあるので、気が合うのかもしれない。大地にとっても話しやすい相手だった。

「お好きな席にどうぞ」

声をかけると遥香は端の席に座った。客が来たときのことを考えて、気を遣ってくれているのだ。

加代のことで悩んでいるらしく元気のない日もあったが、今日は明るい顔をしている。いいことがあったというより、無理やりにでも前向きに生きようとしているように思えた。

そんな遥香を見て、たまきが思いついたように聞いてきた。

「遥香さまに相談してはいかがでございましょう？」

なるほど。

彼女なら若い女性の好みも分かるかもしれない。相談しやすい相手でもあった。ただ、琢磨と亜矢子のプライベートにかかわることなので、話すにしても注意が必要だ。少なくとも名前を伏せるべきだろう。

切り出し方を考えていると、遥香に聞かれた。

「栗ごはんはいつからですか？」

そんなに栗が好きなのだろうか。まだメニューには載っていない。

「ごめん。来月からなんだ」

「そうですか……。じゃあ、本日のおすすめ定食をください」

「あい！」

返事をしたのは、たまきだ。目の前にいるのに、大声で注文を通した。

「大地さま、超特急でお願いします！」

「了解」

返事をした。すると、たまきが遥香の正面の席に座った。

「ごはんができるまで、話し相手になりまする」

「うん。ありがとう」

大地が注意する前に、遥香が答えた。笑っている。他に客もいないことだし、たまきを放っておくことにした。接客も重要だ。

「じゃあ作ってくるから」

厨房《ちゅうぼう》に向かった。ダイエット料理の相談は、遥香の食事が終わってからにしようと思った。

世の中には、目を離してはならない人間がいる。たまきがそうだ。せめて釘《くぎ》を刺しておくべきだった。

「――そういうわけで琢磨さまは大変なことになっておりまする」

事情を話してしまったのであった。いくら親しくても、客の名前を出して話すのは好ましくない。

たまきに注意しようと歩み寄ったが、二人とも大地を見ていなかった。会話に夢中だった。

「恋ですよ」

「あい。琢磨さまの片思いでございます」

その台詞は、完全にアウトだ。本人に悪意はないだろうが、聞いていて気持ちのいいものではない。琢磨が気の毒だ。

「たまき――」

話を止めようと声をかけかけたとき、遥香がまた言った。

「うん。そういう意味じゃなくて、琢磨さんの片思いじゃないと思う」

「え？」

驚きのあまり聞き返してしまった。

琢磨の片思いじゃない？

たまきを注意することも忘れて、大地は遥香の顔を見た。彼女は、その視線に気づかずに続ける。

「亜矢子さんも、琢磨さんのことが好きなんじゃないかなあ」

「えぇっ⁉」

さっきよりも驚き、大声を上げてしまった。すると、たまきがこっちを見て、たしなめる口調で言った。

「大地さま、ご近所に迷惑でございます」

この娘にだけは言われたくないと思ったが、今回ばかりは、たまきが正しい。大地は声を落として、遥香に近づいて聞き返した。

「亜矢子さんのことだけど、本当に？　本当に琢磨さんのことを好きなの？」

「ま、ま……真面目に聞かれると困るけど、そう思ったんです」

また赤面している。顔を近づけすぎたのかもしれない。セクハラだと言われないうちに離れた。

「なぜ、そう思ったのでございますか？」

「亜矢子さんは、もともと琢磨さんに相談をしたのよね？　相談はどうでもよくて、話すきっかけを作ろうと思ったんじゃないのかなあ」

「話すきっかけ？」

「うん。だって、ダイエットの必要がない体形なんですよね？　しかも、ハンバーグを食べてるし」

しかも夜遅い時間に食べていた。たまきを思わせる食べっぷりだった。

「亜矢子さんみたいな人って、痩《や》せようと思ったら運動するんじゃないですか」

偏見かもしれないが、言われてみるとそんな気がする。

「栄養学の知識もありそうですし」

これもその通りだ。亜矢子は保育士だし、それ以前に、スポーツと食事は切っても切れないものなのだ。

でも、仮にそうだとしても、ダイエット料理を作るという仕事は残っている。引き受けたからには美味しいものを作りたい。しかし、その料理が思い浮かばなかった。

「困ったなあ……」

思わず呟《つぶや》くと、遥香が反応した。

「どうかしたんですか？　さっきも相談とか言っていましたが」

たまきは肝心なところを話していなかったようだ。食事前だが、遥香に事情を話すことにした。

「どんな料理が、若い人に受けるのか分からなくて」

そう言うと笑われた。

「若い人って、大地先輩だって若いじゃないですか。まだ二十代ですよね」

「それはそうなんだけど、信樂食堂の客層は中高年なんだ。だから若い女性の好みが分からなくて」

その言葉を聞いて、たまきが訳知り顔で言った。

「大地さまは、乙女心が分からない系男子でございます」

「そうかも」

遥香が同意した。言い返したいところだが、乙女心が分からないのは事実だ。

「若い女の人って、どんな食べ物が好きなのかなあ」

「どんなって言われても、人によって違うと思いますけど」

「それはそうかもしれないけど、若い女性向けの商品ってあるよね？　傾向のようなものはあるんじゃない」

「なるほど」

遥香は考え込んだ顔になり、やがて何かを思いついたらしく言った。

「分かりました。三人で若い女性に人気のお店に行きましょう」

「お店と申しますと？　美味《おい》しい食べ物のあるお店でございましょうか？」

たまきが、念を押すように聞いた。

「もちろん」

「最高でございます！　論より証拠、百聞は一見に如かずでございまする！」

確かに話を聞くよりも、実際に食べたほうが分かりやすい。たまきの言うことも一理あった。

「じゃあ悪いけど、お願いします」

「はい」

遥香が真面目な顔で頷《うなず》き、本日のおすすめの肉じゃが定食を食べ始めた。大地は、彼女の頬がほんのり赤くなっていることに気づかなかった。


遥香と一緒に出かける約束の日になった。信樂食堂の定休日だ。

待ち合わせ場所は、川越駅西口だった。ロータリーに行くと遥香が立っていた。二人を見るなり大声を上げた。

「大地先輩、たまきちゃん、早く早くっ！」

時間ぎりぎりになったのは、慣れないものを着るのに時間がかかったからだ。大地もたまきも、そして遥香も浴衣《ゆかた》を着ていた。大地は紺色無地、たまきは金魚柄、遥香は朝顔の柄の浴衣を着ている。

「小江戸と言えば、浴衣でございます！」

三人で出かけると決めた後、たまきが言い出した。

「それ、いいと思う」

遥香が同意し、浴衣で行くことになった。川越では、浴衣姿は珍しくない。大地は父のお下がりを、たまきは母の着ていた浴衣を着た。

情緒があると言いたいところだが、それどころではなかった。いつも以上の大声で、たまきが叫んだ。

「急がないと、ばすが行ってしまいまするっ！」

三人は、これからバスに乗ることになっていた。バス停には、すでにクラシックなデザインのボンネットバスが停まっている。小江戸巡回バスだ。蔵の街や氷川神社、喜多院《きたいん》、菓子屋横丁など川越の観光名所を走る路線バスである。

「小江戸ばすに乗るのは、初めてでございまする」

「そんなものかもしれないわね」

走りながらたまきが言い、遥香が律儀に応じた。わざわざ地元の名所巡りをしようとは思わないものだ。大地にしても、子どものころに母と一緒に乗ったきりだ。どうして乗ることになったのかは忘れたが、そのとき、母に言われた言葉はおぼえていた。

——好きな人ができたら、川越を案内してあげるといいわ。

昨日のことのように思えるが、もう二十年も昔のことだった。時間が経つのは早い。世の中は、休むことなく変わっていく。今この瞬間も過去になってしまう。すべては、かけがえのない時間なのだ。

大地は、たまきの顔を見て、それから遥香の顔を見た。バスに乗り遅れそうなのに、二人とも楽しそうだった。笑いながらバスに走り込んだ。

小江戸巡回バスは情緒があった。車内は天井が高く、ステンドグラスのようなデザインの蛍光灯カバーが付けられている。

「れとろでございます！」

たまきが食い入るように、車内や窓の外を見ている。食べ物以外で、ここまで熱中するのは珍しい。

「へえ、バスに興味があったんだ」

「あい！　からあげ王子も、このバスに乗っておりました。幻のからあげを見つける旅に出るのでございます！」

からあげ王子とは、櫻坂泰河《さくらざかたいが》という芸能人のニックネームである。たまきは、彼の出演している『からあげ王子のグルメ散歩』の大ファンで、欠かさず見ている。

「私も、あの番組好き」

遥香が反応した。大学が休みの日には見ているとも言った。

その台詞《せりふ》を聞いて、たまきが威張った口調で応じる。

「当然でございましょう。国民的番組でございます」

それは言いすぎだが、人気があることは間違いない。泰河自身の好感度も高く、お昼の番組にしては視聴率もいいらしい。

「王子も、お誘いすべきでした」

たまきが思いついたように言うと、遥香が驚いた顔を見せた。

「え？　櫻坂さんを誘うの？」

「あい。仲間外れにしてはいけませぬ」

「そうね」

遥香は相槌《あいづち》を打ったが、たまきの言葉を冗談だと思ったのだろう。笑っている。まあ、誰だってそう思う。それこそプライバシーにかかわるので、大地は何も言わなかった。

やがてバスが停まった。神社が見える。川越氷川神社だ。川越の総鎮守である。縁結びの神社として信仰を集めている。観光名所としても有名だった。

「ここで降ります」

遥香に促されて、大地とたまきはバスを降りた。日射しが強かったが、浴衣を着ているおかげで、いくらか涼しく感じた。

「お参りでございますか？」

たまきが、遥香に質問した。どこに行くのかは聞いていなかった。遥香に任せきりだった。

「お参りもするけど、まずは美味しいものを食べましょう」

「大賛成でございまする！　美味しいは正義でございます！　大正義でございまする！」

いつもの調子で叫んでから、ふと首を傾げた。疑問に思ったようだ。

「神社でごはんを食べるのでございますか？」

「もしかして初めて？」

「あい。生まれて初めて参りました」

たまきは川越のことをあまり知らない。食べ物には詳しいが、それもテレビで見た知識ばかりだった。信樂食堂に来る前は、他の土地で暮らしていたのかもしれない。

「神社にカフェがあるのよ」

遥香が説明した。『むすびcafé』のことだ。氷川神社の結婚式場・氷川会館の一階にある喫茶店だ。ガイドブックにも載っている有名店だが、遥香がここに来たのには理由《わけ》があった。

「閉店する前に来たかったの」

氷川会館の建替工事に伴い、令和二年八月十日で閉店することになった。川越の人気店がなくなってしまうのだ。

　大地も何度か来ていた。父が入院したときにも氷川神社で手を合わせ、その帰りにメニューをのぞいた。寂しい気持ちになったが、遥香の声は明るかった。

「そう言いながら、昨日も来たの」

「なんと！　下調べでございますか？」

「それもあるけど、お参り」

　一瞬、遥香の表情が翳《かげ》ったように見えた。神頼みしたいことがあるのかもしれない。たまきは気づかず、食べ物の話に移った。

「何がおすすめでございましょう？」

「ごはんも美味《おい》しいけど、やっぱりケーキかなあ」

「すい一つでございますねっ！」

「うん。スイーツ」

「美味しいのでございますか？」

「保証する」

「その言葉だけで、お腹が空《す》きました！」

　たまきが応じると、遥香が声に出して笑った。楽しそうにしているが、無理をしているように思えたのは、たぶん大地の気のせいだろう。

カフェは、清浄な空気に満ちていた。店に入った瞬間に気持ちが引き締まった。だが、たまきは変わらない。

「大地さまっ！　すいーつがたくさんございますっ！」

入り口そばのガラスケースを見て興奮している。綺麗《きれい》なケーキが並んでいた。むすびcafé自慢のスイーツだ。何種類もあった。

たまきは、そのケーキたちをじっと見ていたが、どうやら選べなかったらしく大地に聞いてきた。

「どれを食べたら、いいのでございましょうか？」

途方に暮れている。好きなだけ食べていいと言いたいところだが、予算の問題もあった。それに若い女性の好みを知るために来たのだから、大地が選んでは意味がない。

遥香に頼んだ。

「おれとたまきの分も注文してくれる？」

「はい」

遥香が返事をした。難しい仕事を命じられたというような顔をしている。

それから店員に案内され、四人がけの席に座った。閉店が決まったこともあってか、むすびcaféは混んでいた。そこら中から、ケーキの写真を撮るスマホの音が聞こえる。SNSに投稿しているようだ。

いつかのたまきの台詞ではないが、ツイッターやインスタグラムに上げてもらうと宣伝になる。川越でも人気店は、毎日のようにSNSで紹介されていた。

「うちの店、滅多に紹介されないんだよな」

声に出さず呟《つぶや》いた。たまきの琥珀糖《こはくとう》とたぬきの置物が話題になりはしたが、大地自身の料理は投稿されたことがない。SNSに詳しいわけではないが、宣伝効果があることくらいは知っていた。これからは味だけでなく、料理の見映えにも気を配るべきなのだろう。

そんなことを考えていると、遥香が代表して注文をした。すぐにケーキが運ばれてきた。

「ろ、ろーるけーきさまでございますっ！」

たまきが興奮している。むすびcaféの定番とも言える、『むすびロール』だ。柔らかそうなスポンジケーキに、存在感のある渋皮栗が巻き込まれている。美味しそうだった。

一皿しかないのは、三人で分けて食べるつもりだからだ。他にも、何種類かケーキを注文していた。

遥香がケーキを三等分して、大地とたまきに言った。

「私のおすすめ。食べてみて」

「では、実食させていただきまする」

いきなり厳かな口調になった。真剣勝負を挑む棋士のようだ。真面目な顔で自分のケーキをぱくりと食べた。一口で食べ終えて、その口調のまま言った。

「この甘さは、和三盆糖でございます」

このキャラのままいくのかと思いきや、いつものテンションに戻った。

「栗が美味しゅうございます！　この美味しさは正義でございます！　神社だけに、神すぃーつでございまする！」

それからケーキの皿を見て、大地の顔に視線を向けた。

「召し上がらないのでございますか？」

大地のむすびロールが狙われている。ハンターの顔だった。金魚の浴衣《ゆかた》を着たスイーツハンターだ。

「今から食べるところだから」

たまきを制して、ケーキを口に運んだ。上品な和三盆糖と栗の優しい甘さが、口の中でとろけるように広がった。

「旨《うま》いなあ」

そう呟くと、遥香がうれしそうに笑った。

「よかったです」

ほっとしたような声だった。連れてきた手前、大地とたまきの反応を気にしていたようだ。

他にも、ベリーのムースとゼリーをホワイトチョコムースで包んでいる『花簪～はなかんざし～』、風鈴のような形の器に入った『彩り風鈴』——ソースムースと果肉入りゼリーが層になっているスイーツを食べた。どれも絶品だった。味だけでなく見た目も楽しむことができた。

「本当に美味しい」

大地は呟き、改めて店内の様子を見た。縁結びの神社にあるカフェだからか、カップルが多かった。楽しそうにケーキやランチセットを食べている。笑顔の絶えない店だった。

「好きな人と食べると、いっそう美味しゅうございますね」

たまきが言ったとたん、遥香が顔を赤らめた。

「どうしたのでございますか？」

「ど、どうしたって何がっ⁉　な、な、何がっ⁉」

「顔が真っ赤でございます」

「そ、そんなことないからっ！　だ、大丈夫だからっ！」

大丈夫そうには見えないが、元気なので病気ではないようだ。真っ赤な顔のまま首を横に振っている。

そうして二人の会話を聞いているうちに、ひらめくものがあった。

「……そうか」

「えっ⁉」

声を上げたのは遥香だ。狼狽《ろうばい》したように聞き返してきた。

「そ、そうかって？」

「やっと分かったんだ」

「な、な、何がですか？」

遥香の顔がさらに赤くなった。何が起こっているのか分からないが、大地は返事をした。

「頼まれていた料理のアイディアが浮かんだんだ」

「りょ……料理のアイディア？」

「うん。おかげで作れそう」

「……それはよかったです」

言葉とは裏腹に、がっかりしているように見えた。

その翌日、営業時間が終わり、最後の客が帰った後、琢磨と亜矢子が信樂食堂にやって来た。大地が呼んだのだ。挨拶《あいさつ》もそこそこに本題に入った。

「料理の準備はできています」

「小江戸だいえっとごはんでございまする」

たまきが注釈を加える。ちなみに、大地が何を作るのかを知らない。それなのに自信たっぷりであった。

「本当に作ってくれたんだね。大地ちゃん、ありがとう」

琢磨の礼に応じたのは、たまきだ。

「あい。食べれば食べるほど痩《や》せる料理でございます」

相変わらず適当だ。今に始まったことではないが、大地はすぐに打ち消した。

「そんな食べ物は存在しないから」

この台詞《せりふ》は事実ではなかった。実をいうと存在する。例えば、林檎《りんご》はそれ自体に含まれるカロリーよりも、消化するために必要なカロリーのほうが大きいと言われている。理論的には、林檎を食べれば食べただけ痩せるのだが、そればかり食べるのは身体に悪いし、そもそも料理とは言えない。

「栄養価が高く、なるべくカロリーの低い料理を作りました」

口には出さなかったが、見映えにも気を遣っていた。大地は、その料理をテーブルに置いた。

「ちっちゃいサンドイッチでございます」

たまきが感心したように言った。大地が作ったのは、一口サイズのサンドイッチだった。ホイルを敷いたフライパンで焼いたので、こんがり狐色になっている。

「サンドする具材を変えて、三種類作りました」

バラバラにならないように、赤、青、黄の三色のピックで刺した。ピンチョスのように見えないこともない。

「お洒落《しゃれ》ですね！」

亜矢子が歓声を上げた。見た目は気に入ってくれたようだ。

「お洒落って、それは——」

琢磨が何か言いかけたが、結局、口を閉じた。このサンドイッチの正体に気づいたようだ。気づいて当然の材料を使ってあった。

でも、あえてそこには触れず、大地は亜矢子に言った。

「食べてみてください」

すると、たまきが大きく頷《うなず》いた。

「実食」

予想していたが、食べるつもりでいるようだ。亜矢子や琢磨を差し置いて、サンドイッチに手を伸ばした。


たまきは、一つずつ順番にサンドイッチを食べていく。早食いで大食いだが、ちゃんと味わうこともできる。味覚もしっかりしている。

一つ目のサンドイッチを食べた後、報告する口調で言った。

「ち、ちーずさまでございますっ！　ち、ちーずさまが挟んでありまする！」

間違ったことは言っていないが、もう一言説明が必要だ。

「チーズはチーズでも、ただのチーズじゃないから」

「食べた瞬間に分かりました」

たまきは胸を張る。まあ、分かって当たり前なのだが、大地は念のため聞いた。

「じゃあ、このチーズは何？」

「そさまでございましょう」

予想もしなかった返事であった。

「そ？」

大地は、何を言われたのか分からなかった。漢字に変換さえできない。すると、たまきがメモ帳に「蘇《そ》」と書いた。丁寧にルビまで振ってくれた。

「飛鳥《あすか》時代から平安時代にかけて作られていた乳製品でございます」

そう言われて思い当たるものがあった。いつだったか、新聞で「古代のお菓子」として紹介されていたものだ。料理に関係することだったのでおぼえていた。

平安時代に書かれた『延喜式《えんぎしき》』によると、生乳一斗を煮詰めて一升の蘇を作るらしい。牛乳を加熱濃縮した加工品だ。SNSや料理レシピ検索サイトでは、作ってみたという投稿がたくさんあった。

「貴族の食べ物でございました。このさんどいっちさまには、蘇さまが使われております」

自信たっぷりに答えたが、外れである。大地が使ったのは、もっと一般的なものだ。

「蘇じゃないから」

大地が言うと、一つ目のサンドイッチを食べ終えた亜矢子が口を挟んだ。

「これ、カッテージチーズですね」

正解だった。しかし、たまきが首を横に振った。

「ただのかってーじちーずさまではございませぬ」

再び意外な台詞だ。

「いや、ただのカッテージチーズだけど」

そう言うと、目を丸くした。

「でも、ぴりぴりしておりまする」

「黒胡椒《くろこしょう》を加えたんだよ」

カッテージチーズは、低カロリーで低脂質、低糖質な食品だ。そのうえ、たんぱく質を多く含んでいる。そこに、エネルギー代謝を上げる働きを持つ黒胡椒を混ぜたのだ。高いダイエット効果を期待できる。

「でも、このカッテージチーズ、美味《おい》しいです。どこで買ったんですか？」

亜矢子に聞かれた。秘密でも何でもなかったので、大地は答えた。

「どこのでもないよ」

「え？」

「さっき作ったんだ」

「ええっ!?　カッテージチーズって作れるんですか？」

「うん。熟成の必要がないからね」

大地は作り方を説明した。牛乳を沸騰寸前まで温めて、火を止める。そこに酢を入れて、もこもことした固形物ができるまでかき混ぜる。最後に、キッチンペーパーで漉《こ》して完成だ。塩と黒胡椒で味を調えてある。

「さっき、たまきが言った蘇よりは簡単にできるよ」

ちなみに、酢ではなくレモン果汁でも美味しく作ることができる。大地の説明を聞いて、亜矢子が感心する。

「すごいですね」

「ネットにも載ってるから」

正直に言った。検索すると、何件ものレシピが出てくる。

それに、手作りのカッテージチーズは、この料理の肝ではなかった。もっと大きな工夫をしたのだが、たまきも亜矢子も気づかないようだ。大地は、料理の紹介を続けた。

「他の二品は、甘いサンドイッチです」

梅ジャムとも言える、梅びしお。

ピーナッツバターより濃厚な、練りゴマのジャム。

両方とも、みりんとオリゴ糖を加えて作った和風のジャムだ。梅干しと練りゴマそのものが美味しいので、失敗することなく作ることができる。

梅もゴマも、健康にいい食べ物だ。例えば梅の主成分のクエン酸には、エネルギー代謝を高めて疲労を回復する効果、そして、強い殺菌作用がある。ただ、梅もゴマもダイエット効果を狙ったものではない。

パンは美味しいが、どうしても脂質や糖質が多くなりがちで、あまりダイエットには向いていない。GI値も高く血糖値が急上昇することで脂肪がつきやすくなるのだ。だから、大地はそれを使わなかった。

「このパン、変わった食感がするわ」

ようやく亜矢子が気づいたようだ。すぐに分かると思っていたのだが、この食材をあまり食べないのかもしれない。もしくは、こんなふうにして食べたことがなかったのか。

「これ、パンじゃないよ」

琢磨が口を挟んだ。豆腐屋の跡取り息子としては、黙っていられなくなったのだろう。亜矢子が不思議そうな顔をした。

「パンじゃない？」

「高野豆腐だよ」

あっさりとネタを割った。本当に分からなかったらしく、亜矢子が目を丸くした。

「高野豆腐って煮物に入ってるやつですか？」

「そう。『凍り豆腐』、『しみ豆腐』とも呼ばれているものだよ。それを豆乳で戻して、トースト風に焼いたものだと思うよ」

さすがは琢磨だ。作り方まで見抜いている。

「その通りです。高野豆腐を使ったサンドイッチです」

小江戸ダイエットごはんの正体だった。グルテンフリー。つまり小麦を使っていないので、小麦アレルギーのある人でも食べることができるサンドイッチだ。

高野豆腐には、レジスタントタンパクが豊富に含まれている。この成分により、血中の悪玉コレステロール値を減少させ、食後の血糖値の上昇を抑制する効果もあると言われている。また、カルシウムや鉄分も豊富で、「スーパー食材」と呼ばれることがある。

自宅でも作ることができるが、大地は市販の高野豆腐を使った。それも、この料理のポイントだ。

「美味しい上に健康によくて、ダイエット効果もあるんですね」

亜矢子は言って、三つ目のサンドイッチを口に運んだ。

「これ、自宅でも作れますね」

「簡単にできますよ」

大地は答えた。やっぱり白パンとは別もので、高野豆腐特有のキシキシした食感も残っている。苦手な人もいるだろうが、亜矢子は気に入ってくれたようだった。

「高野豆腐のさんどいっちさま、美味しゅうございます。星四つでございます！」

たまきがいつもの調子で絶賛すると、亜矢子が異を唱えた。

「星五つでもいいと思う」

「では、六つ差し上げますか」

「何なら七つでも」

星の大安売りであった。満点が星いくつなのか、本人たちも分かっていないだろう。

高野豆腐のサンドイッチを食べ終えて、亜矢子が改めて言った。

「本当に美味しかった。大満足」

「あいっ！　星八つの美味しさでございます！」

たまきも気に入ったようだ。しかし、全員が満足したわけではなかった。

「いや、星一つもあげたくないね」

言ったのは、琢磨である。不満そうな顔をしていた。皿を見ると、ほとんど手付かずのままのサンドイッチが残っていた。一口だけ齧《かじ》ってやめたようだ。

「美味しくないのでございますか？」

「うん。はっきり言って、まずい」

琢磨にしては珍しく喧嘩《けんか》を売るような口調だった。いつも穏やかな琢磨が、まさかこんな反応をするとは思っていなかったのだろう。亜矢子が慌てた。

「た、琢磨さん――」

取りなそうとするが、言葉が出て来ないようだ。困った顔をしている。

一方、たまきは動じない。首を傾げはしたが、いつもの調子で聞いた。

「どこが駄目なのでございますか？」

「高野豆腐だよ。これ、スーパーの安いやつだよね」

予想通りの返事があった。琢磨なら見抜くと思っていた。

「ええ」

頷《うなず》くと、琢磨が天を仰ぐように言った。

「市販の高野豆腐が悪いわけじゃないけど、うちのを使ってよ。安いのじゃなくて、森福豆腐店のをさあ」

安い高野豆腐を使ったのはわざとだったが、大地はとぼけた。

「そう言えば、琢磨さんの店にも置いてありましたね」

「置いてありましたねって、今まで何度も買ってくれてるじゃん。食堂でも出してくれてるよね？……え？　ストックがない？　だったら言ってよ」

琢磨は職人肌だ。豆腐のことになると我を忘れる。父親と大喧嘩《おおげんか》をしたこともあった。それだけ一生懸命に豆腐を作っているのだ。

「今から持って来るから、うちので作ってみてよ」

返事を待たずに飛び出していこうとする。大地はそれを呼び止めた。

「琢磨さん、すみません。もう夜も遅いので」

「あ、そっか。閉店時間をすぎてるもんね」

そう返事をしたが、やっぱり納得できないようだ。

「でも、うちの高野豆腐で作ったやつを食べてもらいたいなあ」

その言葉に食いつくように、亜矢子が反応した。

「私、食べたいです。ものすごく食べたいです。是非、食べさせてください。できれば、これから」

積極的だった。どうやら遥香の言う通りらしい。大地にも、亜矢子の琢磨を思う気持ちが伝わってきた。それなのに、琢磨はまだ気づいていない。

「でも、信樂食堂は閉まっちゃうし……」

豆腐のことしか頭にないようだ。

「これから琢磨さんのお宅にお邪魔するのは駄目ですか？」

亜矢子が押した。恋した相手はお人好《ひとよ》しで、はっきり言わないと分からないタイプだと分かったのだろう。

「えっ⁉　まさか、まさか。全然、駄目じゃないよ。うん。うちで作ろう」

琢磨が頷いた。だが、すぐに眉間《みけん》にしわを寄せた。

「あ、でも、カッテージチーズは家になかったなあ……」

「普通のチーズでも合いますよ。たまごやハムを挟んでも美味《おい》しいと思います。オープンサンド風にしてもいいですし。豆乳ではなく糖度の高い甘酒で戻すと、ケーキみたいな食感と味になります」

「なるほど。甘酒、美味しそうだね。よし、いろいろやってみるか。ジャムやハチミツをつけてみたりして」

「甘系ですね。美味しそう」

琢磨も亜矢子も楽しそうだ。好きな人と一緒に食べる料理は美味しい。むすびcaféで気づいたことだ。誰と一緒に食べるかで、料理の味は変わる。

大地は、二人に太鼓判を押すように言った。

「きっと美味しいですよ」


「大地ちゃん、今日はありがとう」

「また食べに来ます！　今度は明るい時間に」

琢磨と亜矢子が、信樂食堂を後にした。二人で豆腐店に行くようだ。

「お待ちしておりまする！」

たまきと見送り、暖簾《のれん》を片付けた。客がいなくなっても仕事が終わったわけではない。明日の仕込みもあるし、掃除もしなければならないのだ。

「テーブルの雑巾《ぞうきん》がけをやってもらえる？」

「あい。大得意でございます。たいたにっく号に乗ったつもりで、わたくしにお任せくださいませ」

大船には違いないが、沈みそうであった。映画を見たはずなのに忘れてしまったようだ。

それはともかく、たまきはよく働く。いつも元気で、疲れているところを見たことがなかった。給料を上げてくれとも言わない。今さらながら不思議な娘だった。

後片付けをしながら、そのたまきが話しかけてきた。

「大地さま」

「ん？」

「琢磨さまと亜矢子さま、夫婦《めおと》になられるのでしょうか？」

まだ交際さえしていないのに気が早い。いきなり結婚の話をするあたりは、たまきらしい。

「なるようになると思うよ」

返事になっていない返事をした。大地に分かるわけがなかった。ただ、もし二人が結婚すれば、琢磨の両親はよろこぶだろう。「誰か、いい人いないのかねえ」と口癖のように言っていた。

生涯独身も珍しくない時世だが、我が子の結婚を願う親は多い。特に、この商店街では昔ながらの結婚観が強い。早く孫を抱きたいと公言する親たちもいる。

「価値観はそれぞれでございます」

たまきの言うとおりだ。結婚をしないのも個人の自由だし、早く孫が欲しいと思う親の気持ちも否定できない。

「大地さまは、ご結婚なさらないのでございますか？」

唐突に、たまきが聞いてきた。近所の年寄り連中や親戚《しんせき》に似たような質問をされていた。昔の価値観だと、男の二十六歳は結婚適齢期なのかもしれない。

「相手がいないからね」

いつもの返事を口にした。ごまかしたつもりはなく、本当のことだ。自分のことは考えていなかった。

同級生でも結婚した者や子どもができた者がいるが、大地には遠い話のように思えた。親元で暮らしているからだろうか。大人になった自覚も薄かった。ずっと夢を見ている気さえする。

――人間五十年、下天の内をくらぶれば、夢幻の如くなり。

テレビだか漫画だかで読んだおぼえのある言葉が、大地の頭に浮かんだ。人の世は儚《はかな》いものだ。夢を見ている気分のうちに終わってしまうのかもしれない。

大地は話を切り上げて、たまきに言った。

「早く片付けて休もう。明日もきっと忙しくなるから」

「あい」

二人は、信樂食堂の掃除を続けた。

第三話

老鶯《ろうおう》——ほくほくの肉じゃが

浄土宗西雲寺

クレアモール商店街にある寺。境内には諸々の願いを叶《かな》えてくれる日限《ひぎり》三体地蔵尊が置かれている。

菩提樹《ぼだいじゅ》・沙羅双樹《さらそうじゅ》・桜・梅・紅葉等四季折々の風情に満ち、市街中心地に於《お》ける憩いの緑地として市民に広く親しまれている。

公式ホームページより

暦の上では秋になったが、暑い陽気が続いている。汗が噴き出すような暑さにもめげず信樂食堂は繁盛していた。閑古鳥が鳴いていたのが嘘だったかのように忙しかった。大地が厨房《ちゅうぼう》に立つようになってから若い客が増え、また、父が手伝ってくれるおかげで昔の客も戻ってきていた。たまきのスイーツのSNS効果も続いている。

特にランチの時間は混んでいて、席が埋まってしまうことも珍しくなかった。定食屋は利の薄い商売なので、それほど儲《もう》かっているわけではなかったが、日商を見ても赤字が出ることはなくなりつつあった。

そんなある日の昼すぎ、ランチの時間が終わって暖簾《のれん》を片付けていると、琢磨の父親がやって来た。

「昇吾さん、いる?」

店の前で挨拶《あいさつ》も抜きに聞いてきた。食事をしに来たのではないようだ。

「ええ。まだ店にいると思います」

「失礼するよ」

そう言うなり食堂に入っていった。何やら事件のにおいがする。嫌な予感がした。

暖簾を片付けるのを後回しにして森福の後を追った。

「いらっしゃい。今日は何を食べます？」

父が、いつもの調子で声をかけた。森福とは、大地が生まれる前からの付き合いで仲もいい。父が入院している間、何度もお見舞いに行ってくれた。ずいぶんと世話になっている。

普段は穏やかな森福だが、この日は様子が違った。乱暴に言葉を返した。

「飯を食ってる場合じゃないんだよ」

ただ事ではない雰囲気だが、父は動じなかった。いつもの口調で森福に聞き返した。

「何かあったんですか？」

「それがさ」

眉間《みけん》にしわを寄せて、森福は切り出した。

「信樂食堂に悪い噂が立ってるんだよ」

「悪い噂？　どんな噂ですか？」

森福は、一瞬躊躇《ためら》ったが、最初から話すつもりできているのだろう。すぐに返事をした。

「客の食べ残しを使い回しているって」

使い回しとは、手を付けていない料理を捨てずに出すことだ。この手の話は、飲食店にありがちだった。

ほとんどの店は真面目にやっているが、使い回しが公然の秘密のようになっている店もあった。もちろん褒められたことではない。十年以上も昔のことだが、大スキャンダルに発展した高級料亭もある。

「そんなこと、やっていませんよ」

黙っていられず、大地は口を挟んだ。正直が取り柄の店だし、この時代に危ない橋を渡る度胸はなかった。そんな真似をしてバレたら、信樂食堂が潰《つぶ》れてしまう。

「あい。大地さまの料理は星三つで、食べ残しなどございませぬ」

たまきが味方してくれたが、その台詞《せりふ》はさすがに嘘だ。食べ物の好みは人それぞれなので、ろくに手を付けてもらえないときもある。

年配者は、父の作る料理のほうがいいようだ。昔ながらの総菜を置いてほしいという要望もあった。もっと言えば、代が替わって味が落ちたという評判があることは承知していた。飲食店にかぎらず、代替わりは苦労する。それは大地が乗り越えなければならないことだが、使い回しとなると穏やかではない。デマだし、信樂食堂の信用にかかわる大問題だった。

「その噂、広まっているんですか？」

大地が聞くと、森福は頷《うなず》いた。

「うちの常連から聞いたんだよ。若い連中はともかく、年寄りはけっこう知っているみたいだったな」

知らないうちに、とんでもないことに巻き込まれていたのであった。

森福は帰っていった。父はそれを見送ってから、独り言のように呟《つぶや》いた。

「森福さんは心配性だな」

あまり気にしていないようだった。

「飯にするか」

賄いの時間だった。この日は、父が作ることになっていた。他にすることもなかったので、大地とたまきは言った。

「手伝おうか？」

「わたくしも助太刀いたしまする」

「大丈夫だ。手伝ってもらうほどの料理じゃない。座って待っててくれ」

そう言い残して、厨房に入っていった。確かに、それほど時間はかからなかった。父が戻ってきた。油きり網の付いたバットを持っている。

「揚げ物？」

「ああ。使い回しのコロッケだ」

冗談のつもりだろうが、笑えなかった。抗議しようとしたが、父の言葉のほうが早かった。

「残り物で作った料理だ。客の食べ残しじゃなくて、売れ残りだがな。まあ、使い回しみたいなものだ」

「使い回しじゃなくて、リメイク料理って言ってよ」

今度こそ、大地は抗議した。ちなみに、リメイク料理とは、残った料理に調味料や別の食材を加えて、新しいメニューにすることだ。食堂では出さないが、普段の食事にはしばしば登場させている。レシピを紹介した本やサイトも多く、一つのジャンルとして確立していた。

「最近の言葉だな」

父は感心するでもなく言って、賄いの仕上げに取りかかった。丼《どんぶり》にごはんをよそい、千切りのキャベツを敷いてからコロッケをのせた。

「これって――」

言いかけた大地の言葉を奪い取るようにして、たまきが全力で叫んだ。

「ころっけ丼でございます！」

信樂食堂には置いていないが、定食屋や蕎麦屋《そばや》で見かけるメニューだ。大地が知っているコロッケ丼は、かつ丼のようにたまごで綴《と》じていた。それに比べると、シンプルだった。千切りキャベツの上にコロッケをのせただけである。

父は料理の説明をせずに、大地とたまきの前に丼を置いた。

「熱いうちに食べてくれ」

「あいっ！」

近所から苦情が来そうな大声で返事をし、それから、いつもの台詞を言った。

「実食」

悪い噂を立てられている件は気になったが、料理人は体力を使う。それに父の料理は、いつだって勉強になった。食べるのも仕事のうちだ。

「いただきます」

大地は手を合わせ、ソースを取ろうとした。揚げ立てのコロッケとキャベツには、甘めのソースがよく合う。そこに、からしを添えて食べるのが好きだった。想像しただけでも喉《のど》が鳴りそうになる。

しかし、コロッケにソースをかける前に止められた。

「コロッケ自体に味が付いている。ソースを付けずに食べてみてくれ」

「へえ。味付きコロッケか」

父にしては珍しい。食堂で出しているのも、プレーンなコロッケだ。ますます興味を引かれた。

大地はコロッケを箸《はし》でつまみ、顔に近づけた。最初に思い浮かんだのはカレーコロッケだったが、香辛料のにおいはしなかった。

「ゴマ油の香りでございます」

たまきが同じようなことをし、そのまま口に放り込んだ。熱かったらしく、目を白黒させている。はふはふと言っている。

「チーズでも入っているのかなあ……」

呟きながら、コロッケを食べた。分かってはいたが、やっぱり揚げ立てのコロッケは熱かった。火傷《やけど》しないように、口の中で転がした。それでも熱かった。ゴマ油とこんがり揚ったパン粉の香りがする。そして、嚙《か》むと醬油《しょうゆ》と砂糖の味を感じた。お馴染《なじみ》の味だった。一口食べただけで、コロッケの正体が分かった。

「肉じゃがさまでございます」

たまきが、うっとりとした顔で言った。彼女の丼は、すでに空だった。熱がっていたくせに食べるのが速い。大地も相槌《あいづち》を打つように言った。

「うん。肉じゃがのコロッケだね」

それを丼にしたのだった。確かに、ソースはいらない。醬油と砂糖の味で十分だ。

大地は納得した。そして、そのコロッケには、牛肉の切り落とし、じゃがいも、玉ねぎ、にんじんが入っていた。

「大量に売れ残っていたからな」

耳が痛かった。この肉じゃがを作ったのは大地だ。人気メニューのはずなのに、毎回のように売れ残ってしまう。若い客はともかく、高齢者の受けが悪かった。その一方で、父が作ると売り切れるのだから言い訳のしようがない。大地の腕に問題があるのだ。

「大地ちゃんの作ったやつも旨《うま》いことは旨いんだが、おふくろの味じゃないんだよな。よそゆきの味っていうか」

そんなふうに言われたこともあった。早くに母を亡くした大地は、肉じゃがを作ってもらった記憶がなかった。そういう意味では、おふくろの味を知らない。

「仕方ないか……」

そう呟きはしたが、もちろん諦《あきら》めたわけではない。ただ、信樂食堂の常連に納得してもらえる味を出すには、もう少し時間がかかりそうだと思っていた。

「驚きの美味《おい》しさでございまするっ！」

たまきが絶賛している。確かに驚くほど美味しくなっていた。パン粉をまぶして揚げただけで、売れ残りの肉じゃがが生き返った。まるで魔法のようだった。

「本当に旨いや」

大地は、もう一口コロッケを食べた。パン粉はからりと揚っていて、さくさくと食感がよく、香ばしいにおいに包まれている。中身の肉じゃがは熱々で、じゃがいもなどの野菜は甘く、牛肉はコクがあった。肉じゃが特有の砂糖醤油の味つけが、ごはんとよく合う。

「お父さまは料理の天才でございます」

「長くやっているだけだよ」

「長くできるのが、天才なのでございます」

たまきの言う通りだ。続けられることに勝る才能はない。

「おれが天才だとしたら、失敗の天才だな」

父は笑いながら言った。それから、独り言を呟くように続けた。

「何十年もやっていれば、いろいろなことがある。売れ残りなんて日常茶飯事だし、嫌な噂を立てられるのも初めてじゃない」

今回のことを言っているのだ。大地は改めて聞いた。

「あの噂、どうすればいい？　使い回しのことだけど」

父の返事は、素っ気なかった。

「放っておけばいい」

「でも……」

「おまえは気にしすぎだ」

父は、大地の性格をよく知っている。くよくよと考え込んでしまう。自分のせいだと思ってしまう。昔よりはましになったと思うが、やっぱり今でも落ち込みやすいところがあった。そんな大地に言い聞かせるように続けた。

「飲食店に悪い噂はつきものだ。気にしたって仕方あるまい。身におぼえがないなら、放っておくのが一番だ」


父の言うことはもっともだが、性格は急に変えられない。気にしたって仕方がないと分かっていても気にしてしまう。ただ、そのことばかりにかかずらってもいられなかった。休み時間のうちに買い物に行く予定があった。

「夕方の営業までには帰ってくるから、店をお願い」

「ゆっくりして来ていいぞ」

「あい。たくさん食べてきてくださいませ」

この二人はマイペースだ。自分一人だけが悩んでいるように思えてくる。

「遊びに行くんじゃないから」

そんなふうに父とたまきに留守番《るすばん》を頼み、大地は近所のドラッグストアに向かったのだった。

風邪薬や胃薬のような常備薬から、火傷の傷薬まで買っておかなければならない。熱中症予防のためのドリンクだって必要だ。経費で落ちるものもあるが、多くは自腹だ。いや、黒字がなければ、そもそも経費に計上しても意味はない。

「お金ばっかりかかるよな……」

売上げが増えていようが不安は尽きなかった。かかる金額を考えながらドラッグストアに入ると、大地を待っていたかのように声が聞こえた。

「——信樂食堂で飯を食ったら、腹を壊すぞ」

不意打ちだった。いきなり頬を張られた気がした。思わず足を止め、声の聞こえた方向に目をやった。

昼過ぎのドラッグストアは空《す》いていて、高齢者が何人かいるだけだった。その中で、悪口を言った男性は目立っていた。禿頭《はげあたま》で、いかにも頑固そうな顔をしている。その老人のことを知っていた。同じ商店街にある山本《やまもと》総菜店の健三郎《けんざぶろう》だ。

店に行ったことはなく、ちゃんと話したことはないが、すれ違ったときに挨拶《あいさつ》をしたことがある。しかし、そのときは無視された。大地に気づかなかっただけかもしれないが、印象はあまりよくない。苦手なタイプだった。

高齢者にかぎらず、話に夢中になっていると周囲がよく見えないものだが、健三郎は大地に気づくことなく話し続けていた。

「信樂食堂じゃあ、残り物を使い回しているって話だ」

「昔、テレビで話題になったやつだね」

「ああ。それだ。客の食べ残しを出してるんだよ」

「ひどいもんだねえ」

「あの店は、昔から悪い噂があってな。使い回しも、今に始まったことじゃないんだ」

「それじゃあ、行かないほうがいいね」

「腹を壊したくなかったら、そのほうがいい」

聞くに堪えないでたらめだ。でも、割って入る度胸はなかった。また、こんなところで騒ぎを起こしても、いいことは一つもない。ドラッグストアにも迷惑がかかる。

ただ、買い物をする気にはなれなかった。大地は何も買わずに家に帰った。

信樂食堂に戻ってきた。父とたまきは、お茶を飲んでいた。

「健三郎さんだろ？」

大地の話を皆まで聞かず、父が問い返してきた。老人の名前を言っていないのに、言い当てた。

「千里眼でございますか？」

たまきが目を丸くするが、そうではあるまい。考えられることは一つだ。

「知ってたの？」

「ああ。ずいぶん前から知っていた。噂を教えてくれた人もいるし、健三郎さんが話しているのを見たこともある」

何でもないことのように言った。父は、使い回しの噂を知っていた。森福から聞いたのが、初耳ではなかったのだ。

「どうして黙ってたの？」

「言っても仕方あるまい。おまえに余計な心配をさせるだけだ」

「余計な心配って——」

「自分の力でどうにもならないことは、余計な心配だろう」

そうなのかもしれないが、デマを流されて平然とはしていられない。納得できずにいると、父が提案するように言った。

「そんなに気になるのなら、健三郎さんの店に行って話をつけてくるといい」

「話をつける？」

「そうだ。健三郎さんのことが気に入らないんだろ？　デマを流されて迷惑だと、はっきり言うのが一番だ」

話をつけるとは穏やかでないが、いまだにデマを流し続けているのだから、一言くらい言っておいたほうがいいだろう。言い方に気をつける必要はあるが、こうして気にしているよりは建設的だ。大地が口を閉じると、今度は、たまきが言った。

「お父さまは、そのお店に行ったことがあるのでございますか？」

「ああ。総菜を食べたこともある。最近は行ってないが、信樂食堂ができる前からある店だからな」

大地とたまきに話すというより、どこか独り言のようで昔を懐かしむ口調だった。その口調のまま続けた。

「二十年くらい前までは、夕食前になると行列ができていた。商店街一の人気店だったんじゃないかな」

「行列のできるお総菜屋さんだったのでございますね。今も繁盛していらっしゃるのでしょうか？」

「いや。ときどき前を通りかかるが、客が入っているのを見たことがない。あの様子じゃあ売上げはゼロに近いだろうな」

「なぜでございましょう？」

「いろいろな理由はあるだろうが、一番は時代の流れじゃないかな」

「時代の流れでございますか？」

たまきが聞き返した。不思議そうな顔をしている。父の言った言葉の意味が分からないようだ。

「健三郎さんの店にかぎったことじゃなく、個人経営の店はどこも厳しい」

信楽食堂のある商店街を見ても、活気があるとは言えなかった。開店する店よりも、潰《つぶ》れてしまう店のほうが多い。高齢化も進んでいた。商店会の会長や世話役たちは、どうやって客を集めるかに頭を悩ませている。健三郎の店は、それにも増して閑散としていると言うのだ。

「店の経営どころか生活も苦しいだろうな」

「そんなに厳しいのでございますか？」

「自営業に定年はないが、その代わり、退職金も厚生年金もないからな。もちろんボーナスも有給休暇もない」

年老いて働けなくなった後は、国民年金だけで生きていかなければならない。寿命は延びたが、その分の収入が保証されるわけではないのだ。貯金があればいいが、総菜屋はそれほど儲《もう》かる商売ではない。定食屋にも言えることだが、客が押し寄せていても赤字になることさえあった。

「健三郎さんも、こんな時代になるなんて思っていなかったろうな」

その口調が気になった。

「父さん、同情してるの？」

「そうだな。同情してるんだろうな」

あっさりと認めた。

「おまえが厨房《ちゅうぼう》に立つようになってから売上げが増えている。若い客を中心にだが評判もいい。つまり、うちには余裕があるんだ。商売として成り立っている。だから同情もできる」

大地は、去年のことを思い出した。父が倒れた直後、客の来ない時期があった。大地はやさぐれていて、他人を思いやる余裕などなかった。自分の料理を受け入れてもらえなくて、味の分からない客だと悪口を言いたい気持ちだった。

「でも、嘘の噂を広めるなんて――」

「健三郎さんだって好きでやったわけじゃないはずだ。それしか思い浮かばなかったんだろう。人間、追い込まれれば悪いこともするさ」

信樂食堂に悪評が立てば、総菜屋に客が戻ってくる。健三郎はそう思ったのだ。

「『貧すれば鈍する』でございますね」

たまきが諺《ことわざ》を口にした。貧乏をすると頭の働きが鈍くなり、さもしい心を持つようになるという意味だ。腹が減れば盗みもするだろうし、もっと悪いこともするかもしれない。それは、大地も同じだ。

「悪いことをしないためには、追い込まれないように生きるしかないが、どうしても上手《うま》くいかないときだってある」

「で……でも、やっぱり、それとこれとは話が別じゃあ――」

「いや、別じゃない。上手くいってるから綺麗《きれい》事が言えるだけだ」

そう呟《つぶや》く父の言葉には、悲しみが混じっていた。大地は、その悲しみの正体に気づかなかった。


プロ野球選手になりたい。

大金持ちになって、豪華な家を建てたい。

世界一周の旅をしたい。

子どものころは、たくさんの夢があった。諦《あきら》めたつもりはなかったが、いつの間にか消えた。どこかに行ってしまった。もう、そんな夢を見ることもない。

山本健三郎は、今年七十五歳になった。後期高齢者と呼ばれる年齢になったわけだが、男性の平均寿命が八十歳を超えている世の中では、取り立てて長生きではないだろう。最近では、人生百年とまで言われている。実際、八十代九十代の年寄りはそこら中にいた。

「長生きするのはいいが、どこから金を持って来ればいいんだ？」

テレビで高齢化のニュースを見るたびに思う。でも、声に出したことはなかった。女房に聞かせたくない愚痴だったからだ。

絵美《えみ》という名前の女房がいる。健三郎より二つ年下の七十三歳だ。半世紀以上も連れ添っているが、自分にはすぎた女房だ。結婚した日から、ずっとそう思っていた。

健三郎は、東北の農家の三男坊として生まれた。田畑はあったが決して裕福ではなく、口減らしとして川越に出てきた。東京でなかったのは、親の知り合いがいたからだ。総菜屋をやっていて住み込みで働かせてもらえることになった。そして、その家の娘が絵美だった。きょうだいはおらず、一人娘だった。

健三郎の生まれた実家は、兄が継いで嫁をもらっている。この総菜屋を追い出されたら、行く場所がない。だから必死に働いた。学もなく、働く以外に生きる術《すべ》を知らなかった。

そんなふうにして三年ほどすぎたころ、親同士の話し合いで絵美と結婚することになった。健三郎は知らなかったが、二人の親は最初からそのつもりでいたようだ。親の言いつけで結婚するのが珍しい時代ではなかった。

「嫌だったら、断ってもいいんですよ」

　絵美と二人きりになったときに、若いころの健三郎は言った。自分は二枚目じゃないし、財産だってあるわけじゃない。おとなしい絵美のことだから親の言い付けに逆らえず、嫌々、結婚を承諾したのだと思ったのだ。

　すると、絵美は泣いてしまった。泣くほど自分のことが嫌いなのかと思ったが、そうではなかった。しばらく泣いた後、消え入りそうな声で聞かれた。

「私のことが嫌いですか？」

「まさか」

　思わず本音を言ってしまった。女に好かれない容姿だと自覚していても、人は恋に落ちる。一目惚《ひとめぼ》れだった。初めて会ったときから絵美のことが好きだった。その気持ちをこらえて働いていたのだ。

　どうせ叶《かな》わぬ恋だから死ぬまで黙っていようと思っていたが、絵美の一言をきっかけにこらえ切れなくなった。健三郎は気持ちを伝えようとしたが、それより先に絵美が言った。

「だったら一緒になってください。私のことを幸せにしてください」

「は……はい」

　誰にも言ったことはないが、これがプロポーズだった。ずっと好きだった絵美にプロポーズをされて結婚をすることになった。所帯を持った後も、絵美は優しかった。

頑固な健三郎に尽くしてくれた。子どもはできなかったが、幸せだった。

幸せにしてくださいと言われて結婚したのに、健三郎のほうがずっと幸せになった。

六十歳くらいで死んでいれば、最高の人生だっただろう。

もちろん誰だって死ぬのは怖い。この世から消えてしまうのだから怖いに決まっている。死ぬことを考えると身体が震えそうになる。だが、人生にはそれ以上に怖いことがあった。

健三郎の家には、金がなかった。無駄遣いをしたわけではない。店の売上げがなくなって、絵美が病気になっただけだ。女房の身体は、癌に蝕《むしば》まれていた。

──余命三年。

今年の初めに医者に言われた。絵美の寿命は、三年も残っていない。検査を受けて分かったことだ。女房もそのことを知っていた。入院していた時期もあるが、今は家にいる。

病院に通いながら最期の時間をすごしていた。怖いだろうに泣き言一つ言わずに、総菜屋で店番をしている。客の来なくなった店にいた。

癌は不思議な病気だ。もう治らないと言われたにもかかわらず、何ともないように見えるときがあった。検査のたびに奇跡を期待したが、寿命が少しずつ減っていくだけだった。

そして、減っていくのは寿命だけではない。病気になると金がかかる。国民健康保険のおかげで、どうにかやっていけるが、例えば、女房を病院に連れていくために、タクシーを使わなければならないときもある。薬代もかかる。貯金は減り続けていた。

絵美も、家に金がないことを知っていた。健三郎が悩んでいることも、たぶん知っている。

「もう大丈夫ですから。病院に行かなくても平気ですから」

病気の女房に、そんな台詞《せりふ》まで言わせてしまった。自分が情けなかった。せめて絵美が安心して暮らせるだけの金を稼ぎたかった。幸せにすることはできなかったが、せめて苦しませたくなかった。

――娘と店のことを頼む。

三十年前に他界した女房の両親は、健三郎に頭を下げた。店と娘を健三郎に託して他界した。二人のことは、今もよくおぼえている。優しい人たちだった。厄介者の自分に優しくしてくれた。使用人上がりの入り婿にもかかわらず、肩身の狭い思いをしたことがなかった。

その両親の頼みなのに、叶えることはできそうもなかった。店は潰《つぶ》れかけ、絵美は重い病気になってしまった。薬代にも困っている有り様だ。

自分のせいじゃない。

時代が変わった。

世の中の多くの個人商店が赤字だ。

そう思って自分を慰めても、金のない現実からは逃げることができなかった。実際、繁盛している店もあるのだから、時代のせいにするのは言い訳にすぎない。

本当は分かっていた。何もかも自分のせいだと分かっていた。自分が無能な老いぼれだと分かっていた。

だから、ろくなことを考えられない。自分の店の売上げを増やそうと、人気のある店の悪口を言った。頑張っている店の足を引っ張って、浮き上がろうとしたのだ。

だが、効果はなかった。その場では、興味ありげに聞いていても、信樂食堂は相変わらず繁盛している。一方、健三郎の総菜屋は閑古鳥が鳴いている。一人の客も来ない日が珍しくなかった。

健三郎は追い込まれていた。どうしていいのか分からない。どうすれば暮らしていけるのか分からない。絵美を病院に送っていった後は、いつも疲労をおぼえる。早く死んでしまいたいと思うことが増えた。あの世に逝けば、金の心配をせずに済むだろう。

大地は、たまきと山本総菜店に向かう道を歩いていた。いつものことだが、娘のテンションは高い。

「敵陣に乗り込むのでございますねっ！」

「敵陣じゃないから」

そう言ったものの、本音を言えば敵陣に乗り込む気分だった。これから、健三郎と話すつもりでいた。気が進まなかったが、放っておくことはできない。デマを流されるのは気持ちのいいものではないし、今後、売上げに響く可能性もあるのだ。

今は上手《うま》くいっていようと、商売は水物だ。ちょっとしたきっかけで歯車が狂ってしまう。父と自分、それに、たまきの生活がかかっている。

そのたまきは大河ドラマでも見たらしく、わけの分からないことを言い続けている。

「殿、決戦のときでございます」

「誰が殿だよ」

突っ込んでも、めげない。

「大地さまでございまする。自覚がないのでございますか？」

「あるわけないから」

はっきり言ったが、たまきは聞いていない。

「天下統一の第一歩でございます」

もはや手に負えなかった。

――たまきちゃんを連れていったほうがいい。

父に言われて一緒に来たのだが、早くも後悔していた。デリケートな話し合いになるだろうに、たまきは繊細さのかけらもない。

「殿、敵の城でございまする！」

総菜屋が見えた。『そうざいの店』と書かれたブリキの看板が、入り口の脇に置いてあった。タイムスリップしたようなレトロな店構えだ。

信樂食堂も古いが、それよりもっと古い。昭和四十年代くらいに建てられた店に見える。ただ、不潔な感じはなかった。道に面したところにショーケースがあって、煮物や揚げ物が並んでいる。

「美味《おい》しそうなものが、たくさん置いてありまするっ！」

店に近づいて食べ物を見た瞬間、大河ドラマは吹き飛んでしまったようだ。乙女の顔で悩み始めた。

「やはり、ここはころっけさまでございましょうか？　それとも、肉じゃがどのをお呼びいたしましょうか？」

微妙に大河ドラマが残っていたが、もはや敵陣に乗り込んだ感じではない。完全に買い食いモードに入っている。

「たまき、あのね——」

総菜を買いに来たのではない、と言いかけたときだった。

「いらっしゃいませ」

声をかけられた。七十歳すぎくらいの女性が近づいてきたのだった。話したことはないが、誰だかは知っていた。

山本絵美。健三郎の妻だ。総菜屋は、老夫婦二人だけでやっていると父は言っていた。絵美は病気で、入院している時期もあったというが、最近は自宅にいるらしい。

一方、健三郎の姿はなかった。奥にいるのだろうか。

こんなとき、たまきは単刀直入だ。いきなり尋ねた。

「旦那《だんな》さまはいらっしゃいますか？」

「主人は出かけてるわ。何か用事かしら？」

「いえ。用事というほどのことでは」

大地は慌てて言った。たぶん絵美は関係ないだろう。病気の彼女を巻き込みたくなかった。

いないものは仕方がない。このまま健三郎を待つべきか、出直すべきか考えていると、絵美が正体に気づいた。

「あら、信樂食堂の大地ちゃんじゃない？」

子どもを相手にするような優しい口調だった。大地が返事をするより先に、たまきがしゃしゃり出た。

「あい。たぬき食堂の若殿・大地さまと看板娘のたまきノ介でございまする」

若殿もおかしいが、たまきノ介って何だ？　突然、ぶち込まないで欲しい。ずっこけそうになっていると、絵美が笑った。

「仲よしなのねえ」

「あい。『強敵』と書いて『とも』と読むほどの仲よしでございます」

「その説明もやめてもらえないかな」

「前向きに検討いたします」

適当な感じで返事をし、絵美に向き直った。

「おすすめをくださいませ」

やっぱり食べるつもりなのだ。

「はい。ありがとうね」

「ここで食べてもよろしゅうございますか？」

「もちろんよ」

とんとん拍子に話が決まった。絵美は、たまきを気に入ったようだ。

「おまけするから、たくさん食べてね」

「あいっ！　信樂食堂の名に懸けて実食させていただきまする！」

たまきが元気いっぱいに答えた。どうでもいいが、信樂食堂の名前を勝手に懸けないで欲しい。

絵美が、小鉢に総菜を取り分けてくれた。たまきだけではなく、大地の分もちゃんとあった。

「若殿も召し上がってくださいな」

その呼び方はやめて欲しかったが、絵美に突っ込むのは躊躇《ためら》われる。大地は「ありがとうございます」と言って鉢を受け取り、もらったばかりの総菜に目を落とした。

そして驚いた。

「肉じゃがどのでございますっ！　大地さま、ご馳走《ちそう》でございますっ！」

たまきが隣で歓声を上げているが、返事をするどころではなかった。

「じゃがいもが入ってない……」

まじまじと小鉢を見つめていた。その代わり、さつまいもが入っていた。牛こま切れ肉、玉ねぎ、にんじんと煮込まれている。

オーソドックスなようで、少しだけ変わっている。さつまいもを使った肉じゃががあることは知っていたが、まさかここで出てくるとは思わなかった。古くさいだけの総菜屋ではないようだ。

そんな大地を見て、絵美が笑いながら言った。

「肉じゃがじゃないわね」

「大切なのは、名前より味でございます」

たまきが、わけ知り顔で応じた。すでに小鉢は空だ。

「おかわりをくださいませ」

「はいはい。たくさん食べてね」

絵美が、たまきを甘やかした。おかわりをよそい、大地に声をかけてきた。

「若殿も食べてね」

「はい。いただきます」

手を合わせてから箸《はし》をつけた。さつまいもは煮崩れておらず、ちゃんとつまむことができた。プロの仕事だ。

口に入れると、醬油《しょうゆ》と砂糖の味がした。こってりしている。昔ながらの肉じゃがの味付けだ。それを味わってから、大地はさつまいもを嚙《か》んだ。

「……旨《うま》い」

よく味が染みて、肉の旨みも吸い込んでいた。しかも、ほくほくとした甘さはちゃんと残っている。肉も玉ねぎも、にんじんも旨い。野菜の甘みが引き出されていた。大地には作れない優しい味だった。「おふくろの味」という言葉が、頭に浮かんだ。

「肉じゃが、すごく美味しいです」

改めて言った。絵美に伝えたのに、反応したのはたまきだった。

「じゃがではございませぬ」

「そうだけど、他に呼びようがないから」

「言い訳は男らしくありませぬ」

「男らしくって──」

その言葉を久しぶりに聞いたと思いながら言い返そうとしたが、たまきは聞いていない。説教する口調で続けた。

「名前は大切でございます。ねーみんぐ一つで蔵が建つ時代でございますよ」

さっきと言っていることが違う。今どき、蔵を建てる人間はあまりいない気もするが、名前が大切なのはとりあえず正論だ。定食屋のメニューだって書き方で売上げが変わる。

ショーケースを見ると、素っ気ない手書きの文字で「肉じゃが」と書かれていた。

他には何の説明もされておらず、値段があるだけだった。

「絵美さま、これではいけませぬ」

いつものことだが、たまきは偉そうだった。

「でも、肉じゃがは肉じゃがだから……」

絵美が困った顔で言うと、娘が胸を叩《たた》いた。

「私にねーみんぐをお任せくださいませ」

「た、たまきっ！」

大地は慌てるが、絵美は優しかった。

「あら、名前を付けてくれるの？　うれしいわ」

面倒くさいだろうに、たまきの相手をしてくれている。ありがたいことだが、大地は不安だった。たまきが素《す》っ頓狂《とんきょう》な名前をつけると思ったのだ。だが、その予想は外れる。

「『小江戸肉じゃが』は、いかがでございましょう」

まともだった。奇を衒《てら》った名前ではないが、ぴったりくる。どこにでもありそうと言えなくもないが、据わりもよかった。

「素敵な名前ね」

「あい。これで繁盛間違いなしでございます」

たまきが、無責任に太鼓判を押した。すると、絵美の笑顔が曇った。

「本当に繁盛するといいわねえ」

祈るような口調に聞こえたのは、この店が上手《うま》くいっていないことを知っていたからかもしれない。売上げがゼロに近いという父の言葉を思い出していた。

大丈夫ですよ、と言いたかったが、たまきのように安請け合いはできない。そんなに簡単な話ではないのだ。

総菜の需要はあるだろうが、コンビニやスーパーに行けば安く買うことができるし、デパートの地下ではテレビで紹介されるような名店の総菜が売られている。町の小さな総菜屋が、客を取り戻すのは難しい。

商店街でも、いくつもの店が潰《つぶ》れている。暮らしていけずに、どこかに行ってしまった家族もいる。胸が苦しくなった。苦情を言いに来たのに、この店を潰したくないと思うようになっていた。

考えていることが顔に出たのだろう。絵美が慰めるように言った。

「今日はちゃんとお客さんが来てくれたから大丈夫よ」

その笑顔は、やっぱり優しかった。

大地が総菜屋を訪れた三日後のことだ。

健三郎は、クレアモール商店街を歩いていた。絵美と違い、笑顔はなかった。しばらく笑った記憶がない。ずっと店のことを考えていた。どうやって生活していこうか考えていた。実を言えば、その答えは出ていた。考えるまでもないことだ。総菜屋を閉めてシルバー派遣にでも登録し、年金で細々と暮らせばいい。それでも暮らせなければ、家と土地を売って老人ホームに入る――。

「……駄目だ」

声に出さずに独り言を呟《つぶや》き、首を横に振った。総菜屋は、女房が親から受け継いだものだ。潰したくなかったし、他の人間の手に渡したくなかった。

しかし、資金繰りは限界にきている。半年くらいは持つだろうが、ねばったところで店の売上げが好転するとは思えなかった。

新聞に折込広告を入れても無駄だった。赤字覚悟の安売りをしても、客は来ない。銀行に行けば、家と土地を担保にいくらか貸してくれるだろうが、返す自信がない。考え得るかぎりの手は尽くした。信樂食堂の悪口まで言ったが、売上げは増えなかった。誰も、健三郎の話を聞いてくれない。誰も助けてくれない。あとは、神仏にすがるしかなかった。

健三郎は、浄土宗西雲寺《じょうどしゅうさいうんじ》に行こうとしていた。その寺には、日限三体地蔵が祀《まつ》られている。西雲寺のホームページをのぞくと、こんなふうに説明がされていた。

日限地蔵尊とは、特に三、五、七の付く日に人々の平穏を祈願し、難病を救って長生きと貧しい人には福を与えた地蔵尊である。

自分にぴったりの場所だと思った。店のことだけでなく、女房のことも祈りたかった。潰れそうな店と病気の絵美を地蔵尊に救って欲しかった。

女房の寿命は残り少ない。「余命三年」という言葉が、常に頭の中にあった。年寄りが余命宣告を受けるのは、珍しいことではない。癌を患っている年寄りはたくさんいる。その中の一人にすぎないが、健三郎にとっては大切な女房だ。他人の足を引っ張ってでも絵美を幸せにしたかった。

絵美を幸せにすることだけを考えて生きてきたのに、結局、神頼みするしかないのだ。時代遅れの役立たずの年寄りは、必死に手を合わせた。日限地蔵尊に祈った。

「三年だけでいいから、どうか店を続けさせてください」

女房から店を奪わないでください、と頼んだ。絵美が死んだ後のことは考えていなかったし、考えたくなかった。

悪い噂を流した罰は、自分に当ててくれればいい。女房のためなら地獄に落ちてもよかった。この世で幸せをくれた絵美のことを思って、健三郎は手を合わせた。

明日《あした》の朝までも祈っていたかったが、そういうわけにもいかない。女房が一人で店番をしていた。残り少ない時間を嚙《か》み締めるように、総菜屋で客を待っていた。

一緒にお参りに行こうと誘ったが、絵美は店にいたがった。それは、今日に始まったことではなかった。退院して来てからずっとこの調子で、健三郎が出かけている間も店番をしている。客の来ない店で、じっとしている。

遅くなると女房が心配する。また、健三郎も絵美のことが心配だった。

「また来ます」

日限地蔵尊に頭を下げて、西雲寺を出た。そして、クレアモールを歩き始めようとしたときのことだ。名前を呼ばれた。

「健三郎さん」

道端に、信樂食堂の昇吾が立っていた。声をかけられるまで気づかなかったが、自分を待っていたように思えた。

同じ商店街に店を構えているが、ほとんど話したことはない。健三郎が寄り合いに顔を出さないためだろう。どうしても行かなければならないときは、女房に行ってもらっていた。若いころから人付き合いは苦手だった。昇吾以外の商店街の人間とも、あまり付き合いがない。それでも、昇吾が穏やかな男だということは知っている。噂が聞こえてくる。人望があった。彼の女房が死んだとき、商店街の連中は自分のことのように嘆いていた。涙を流している者さえいた。

健三郎は、ふと絵美の葬式のことを考えた。誰も来てくれない葬儀場が思い浮かんだ。これも、自分が商店街の人間と付き合ってこなかったせいだ。暗い気持ちになっていると、昇吾が言ってきた。

「うちの食堂に来てもらえませんか」

「どうしてだ？　用があるなら、ここで話せばいい」

健三郎は抗ったが、昇吾は引かなかった。

「ここでは話せないことです。みんな、待っていますから」

みんな？

思いつくことは、一《ひと》つしかなかった。デマを流したことがバレたのだ。商店街の人間を集めて、自分を吊《つ》るし上げるつもりだろうと思った。

これで総菜屋も終わりだ。こんなことが表沙汰《おもてざた》になったら、ますます客が寄りつかなくなる。商店街から出ていけと言われる可能性もあった。

仕方がない。自分のやったことだ。ごまかす気力はなかった。健三郎は観念し、昇吾に言った。

「どこへなりとも連れていってくれ」

投げやりな気持ちになっていた。いろいろなことが限界だったのかもしれない。

信樂食堂に行くのは、久しぶりだった。たぶん二十年は暖簾《のれん》をくぐっていない。最後に来たときは、昇吾の女房がいた。その女房も死んでしまった。時の流れは、たくさんのものを奪い取っていく。生まれて来たことを後悔するような悲しみを運んでくる。

切ない気持ちになった。失うために生きているような気さえする。

昇吾は何も言わず、健三郎も黙って歩いた。商店街は定休日の店が多く、人通りも少なかった。少子高齢化の波は、この町にも及んでいるらしく、道を歩いていても子どもを見かけない。こんな時代が訪れるとは思っていなかった。明るい未来を想像していた。

無言のまま歩いていくと、たぬきの置物が見えてきた。昔と変わらない店構えだった。

二十年ぶりに訪れた信樂食堂は、やっぱり賑《にぎ》わっていた。店に入る前から、客らしき人間の声が聞こえてきた。

「——テイクアウトとは考えたな」

若い男の声だった。

テイクアウト？

確か、持ち帰りのことだ。そんなことまで始めたとは知らなかった。これで、また客を奪われる。いや奪われるほど客はいない。三日前、健三郎が留守《るす》にしている間に客が来たようだが、たいした売上げにはなっていなかった。

「繁盛しているようだな」

「いえ、今日は定休日です」

言われてみれば、暖簾が出ていなかった。そのくせ、いくつもの声が聞こえる。健三郎を批難するために集まった連中かとも思ったが、どことなく雰囲気が違っていた。明るい感じがする。笑い声まで聞こえた。

昇吾は何の説明もしなかった。入り口の戸を開けて、健三郎に言った。

「どうぞ」

食堂に入れということだ。中にいる連中の正体が分からなかったが、引き返すわけにもいかない。どうにでもなれと思いながら、店に入った。

人がたくさんいた。それも見おぼえのある顔が並んでいる。最初に思った通り商店街の連中だった。豆腐屋の親子やパン屋の主人、裏の喫茶店の店員までいる。信樂食堂と仲のいい人間ばかりが集まっていた。

だが、やっぱり吊るし上げられる雰囲気ではなかった。全員がパンを食べていた。総菜パンを食べている。定食屋とは思えない光景だ。

呆気《あっけ》に取られていると、若い娘が健三郎に声をかけてきた。

「いらっしゃいませ」

信樂食堂の店員のようだが、知らない娘だった。どう返事をしていいか分からず黙っていると、何を勘違いしたのか自己紹介を始めた。

「初めまして！　たぬ……たまきでございますっ！」

おかしな娘だった。自分の名前を言い間違えている。しかも焦っているらしく、あたふたとしている。

「い、い、今のは聞かなかったことにしてくださいませっ！」

「今の？　何のことだ？」

「そ、そ、それはそれでございますっ！」

何を言っているのか分からない。とりあえず落ち着くように言おうかと思ったときだ。健三郎はそれに気づいた。

「ん？」

モフモフとしたしっぽが、娘の尻《しり》から出ていた。アクセサリーの類いかと思ったが、動いていた。生えているようにしか見えなかった。

健三郎は目をこすった。すると、しっぽは消えた。やっぱり目の錯覚だったようだ。老眼のせいで、ときどき目がおかしくなることがあった。年は取りたくないものだと思っていると、たまきという娘が気を取り直したように言ってきた。

「小江戸ころっけぱんの試食会でございます」

初めて説明らしい説明を聞いた。どうやら、自分もそのために連れて来られたようだが、なぜ、そんなものに参加しなければならないのか分からなかった。この連中と付き合いもなければ、パンに詳しいわけでもないのだ。

助けを求めるように昇吾を見たが、笑顔で頷《うなず》かれた。頷く要素がどこにあるのかも分からない。

「とりあえず、お召しあがりくださいませ」

話し方は丁寧だが、強引だ。有無を言わさずコロッケパンを渡された。

「さあ味を見てください」

今度は、昇吾が言った。この男も強引だ。親子ではないと思うが、マイペースなところが似ている。

なおも躊躇《ためら》っていると、左右から声をかけてきた。

「お召し上がりを！」

「美味《おい》しいですよ」

二人の勢いに押されて、もらったパンを口に運んだ。すぐに分かった。肉じゃがのコロッケパンだ。それから、もう一つ分かったことがある。

「うちの肉じゃが……」

さつまいもを使っているし、絵美の作った煮物の味がした。半世紀以上も食べている味だ。

「あい。絵美さまの肉じゃがさまをころっけさまにいたしました」

敬称が多すぎて聞き取りにくかったが、やっぱり女房の肉じゃがを使っているようだ。だが、分かったのはそれだけだ。

「どういうことだ？　いったい、何をしているんだ？」

健三郎は聞いた。娘は返事をせず、厨房《ちゅうぼう》に向かって大声を上げた。

「旦那《だんな》さまのご来店でございますっ！」

聞き返す暇もなかった。なんと、絵美が信樂食堂の厨房から出てきたのであった。自分の家にいるように涼しい顔をしている。健三郎を見ても驚かず話しかけてきた。

「あら、遅かったわね」

「遅かったって……」

言葉に詰まった。狐狸《こり》獺《かわうそ》に化かされている気分だった。

「すまんが、おれに分かるように説明してくれんか？」

絵美に聞いたのだが、たまきが返事をした。

「こ、こ、こらぼでございまする」

「ん？」

「だから、こ、こ、こらぼでございますよ」

繰り返されても分からない。

「こ……こらぼ？　何だ、それは？」

「こ、こ、こらぼは、こ、こ、こらぼでございます」

自信満々に答えているが、娘も意味が分かっていないような気がしてきた。

このままだと話が終わらないと思ったのだろう。昇吾が口を挟んだ。

「コラボレーションのことですよ。協力して商品開発をするときに、そんなふうに呼ぶそうです」

何となくだが、分かった。スーパーだかデパートだかで、そんなふうに紹介されている商品を見たことがあった。

「あんた、よく知ってるな」

カタカナが苦手な健三郎は感心した。昇吾は自分よりは若いが、それでも還暦はすぎているはずだ。

「息子の受け売りです。私だって、そんな言葉は知りませんでしたよ」

昇吾は苦笑いを浮かべた。知ったかぶりをしないあたり、実直な性格が出ている。

「つまり、うちの女房とあんたのせがれが一緒に作ったってわけか？」

「あい。絵美さまの肉じゃがどのを、大地さまがころっけさまにいたしました」

たまきが自分の手柄のように答えた。

「そういうことか」

健三郎は納得したが、その返事で納得してはならなかったようだ。抗議の声が上がった。

「おれを忘れちゃ困るよ」

今まで黙っていたパン屋の主人だ。コロッケパンを指差して大威張りで言った。

「これ、うちのコッペパンだから」

その台詞《せりふ》は納得できるものだった。

「道理で旨《うま》いわけだ」

思わず本音が出た。このパン屋は有名で、ガイドブックにも載っている。観光客で行列ができる店だ。何度か食べたことがあるが、そこらのものとは味が違った。

「健三郎さん、よく分かってるねえ。さすがだよ」

　パン屋の主人が相好を崩して、うれしそうな顔で笑いかけてきた。態度のでかい気難しい男だと思っていたが、健三郎の思い込みだったようだ。

「絵美さんの肉じゃがも最高だ」

　お返しのつもりなのか、女房の料理を褒めてくれた。悪い気はしなかったが、自分の置かれている状況が理解できない。

「私は、どうしてここに呼ばれたのかね？」

　質問すると、パン屋の主人が呆《あき》れた顔になった。だが、その顔は健三郎に向けられたものではなかった。

「昇吾さん、何の説明もせずに連れて来たのかい？」

「ええ。私が話すより来てもらったほうが分かると思いまして」

「いやいや、ちゃんと説明しなきゃ駄目だよ。現に、健三郎さん、ぜんぜん分かってないじゃないの」

　パン屋の主人に言われて、昇吾は頭をかいた。すみませんと謝ってから、ようやく健三郎に説明を始めた。

「コラボ商品として、いろいろな店に置くんですよ」

「いろいろな店？」

「ええ。うちやパン屋さんはもちろんのこと、裏の喫茶店にも置いてくださるようです」

「そんなに？」

「そんなもんじゃないよ」

パン屋の主人が、再び口を挟んだ。さっきよりも声が大きくなっている。話したくて仕方がないようだ。

「森福さんが、商店街中に声をかけて回っているから」

商店街の世話役でもある豆腐屋の主人のことだ。そこまで話が大きくなっているのかと驚く健三郎に、昇吾が言った。

「きっと、たくさんの店に置いてもらえますよ。森福さんは顔が広いですから」

その台詞を受けて、パン屋の主人がまた言った。

「商店街だけじゃなく駅でも売ってもらおうと思っている。ちょうど、うちのパンを置きたいって話があったからな」

張り合うような口調だった。自分だって顔が広いと言いたいのだろう。昇吾が付け加えるように言った。

「健三郎さんも協力してくださいよ」

返事ができなかった。胸がいっぱいになっていた。自分勝手で頭の悪い年寄りだが、総菜屋を救うためにやってくれているということくらいは分かった。

パン屋も喫茶店も、この信樂食堂も人気店だ。そこに置いてもらえれば、間違いなく売上げが増える。収入になる。ましてや駅に置いてもらえるなんて夢のようだ。これで、総菜屋を続けることができる。だが。

「どうして、こんなことを……」

付き合いのない商店街の連中が、力を貸してくれる理由が分からなかった。返事をしたのは、昇吾だった。

「商売敵かもしれませんが、商店街の仲間でもありますから」

仲間。

その言葉に戸惑っていると、たまきが注釈を加えるように言った。

『強敵』と書いて『とも』と呼ぶ関係でございますね」

馬鹿馬鹿しい台詞だと思ったのに、胸の奥が温かくなった。目頭が熱い。絵美が話しかけてきた。

「あなた、たくさん友達ができましたね」

茶化したような口調だったが、女房の顔は幸せそうだった。出会ったときから五十年以上の歳月が流れたが、昔と変わらず綺麗《きれい》だった。昇吾やたまき、商店街の人々がそのことを気づかせてくれた。

次は、自分の番だ。礼を言う前にすべきことがあった。健三郎は腹を決めて、口を開いた。

「昇吾さん、あんたに話が――」

デマを流したことを皆の前で謝ろうとしたのだ。女房にも軽蔑《けいべつ》されるだろうが、なかったことにはできない。昇吾は健三郎が何を言おうとしているか、すぐに分かったらしい。

「それはいいですよ」

「いいって、そういうわけには……」

「話があるのなら、せがれにしてください。私は隠居しましたから」

「し……しかし――」

「しかしも案山子《かかし》もありませんよ」

昇吾はやんわりと言い、話を変えるように続けた。

「コラボもコロッケパンも、うちのせがれが考えたことなんですよ」

さっきもそんなことを言っていたが、健三郎はその息子の顔も名前もおぼえていなかった。町やスーパーですれ違っても分からないだろう。誰だか分からない若者に救われたのだ。

「息子さんの考え……」

嚙《か》み締めるように呟《つぶや》くと、たまきが大きく頷《うなず》いた。

「あい。信樂食堂の若殿のあいでぃあでございまする」

「若殿……」

その言葉がおかしかった。絵美が笑った。健三郎も一緒に笑ったつもりなのに、涙が溢《あふ》れていた。嗚咽《おえつ》が込み上げてくる。こらえることはできなかった。

健三郎は、顔を隠すようにして泣いた。

第四話

秋彼岸——たっぷり茄子《なす》の照り焼き丼

大黒屋食堂

昭和の街として観光客を集める川越中央通り商店街にある定食屋。米穀店が運営している食堂だけあって、ごはんの美味しさに定評がある。

大黒屋食堂では、月に一度の割合で子ども食堂を開催している。

西武新宿線本川越駅から徒歩十分

信樂食堂の場合、一日で最も忙しいのは昼飯時だ。昼間は午後二時までの営業ということになっているが、客がいると店を閉めることはできない。自分たちの食事は、客がいなくなってからだ。

この日も忙しく午後三時すぎになって、ようやく客がいなくなった。

「……暖簾《のれん》を片付けてまいります」

たまきが、息も絶え絶えに言った。よほどお腹が空《す》いているらしく、さっきから、ぐうぐうと聞こえる。

暖簾を取り込み終えると、いくらか元気になったらしく言ってきた。

「大地さまの賄い、超楽しみでございます！」

今日は、父がいなかった。友人のお見舞いに行っている。大地が賄いを作ることになっていた。

「たいしたものは作らないよ」

「そこがいいのでございます！」

楽しみにしているようだ。悪い気はしなかったが、賄いは賄いだ。時間も材料費もかけない。ありあわせの食材で手早く作り、二人分の料理をテーブルに置いた。

「肉じゃがとーすとさまでございまする！」

たまきがよろこんでいる。この娘は、何を出しても文句を言わない。一方、大地は悩んでいた。肉じゃがを作っても、客に食べてもらえないのだ。

作っても作っても上手《うま》くいかず、どうしていいか分からなかった。父にもアドバイスを求めたが、素っ気ない返事があっただけだった。

「旨《うま》い料理を作るのに近道はない。毎日作れ」

大地にも、それくらいのことは分かっていた。同じ材料や調味料を使っても、作り手によって味は変わる。特に煮物は敏感だ。味付けや煮加減を教えてもらっても、経験だけはどうにもならない。店で出さないという選択肢もあったが、父の代からの人気メニューなので外したくなかった。

父に言われた通りに、肉じゃがを毎日作った。そのたびに売れ残るせいで、賄いは肉じゃがのリメイク料理ばかりだった。だから、飽きないように工夫をしている。

苦し紛れに作った肉じゃがトーストだが、思いのほか上手くできていた。作り方は難しくない。肉じゃがの汁気を切って温め直し、食べやすいように潰《つぶ》す。それを食パンにのせて、チーズやハム、マヨネーズを加えてトーストしただけだ。

こんがり焼いたトーストは香ばしく、和風の肉じゃがとよく合っていた。チーズも美味《おい》しい。マヨネーズもいい味を出している。

「肉じゃがとーすと、最高でございます。お店で出さないのでございますか？」

「さすがに、これでお金は取れないよ」

そもそも定食屋のメニューではない気がするし、注文されても微妙な気持ちになるだろう。たまきがさらに言った。

「ちーずさまとまよねーず君《ぎみ》を入れると、たいていのお料理は美味しくなる説がございます」

テレビ番組に出てくる料理評論家みたいなしゃべり方である。

「そうだね」

大地は認めた。チーズとマヨネーズを使えば、誰でもそれなりの味の料理を作ることができる。

「たまごもそうだよね」

「あい。たまごさまは偉大でございまする。たまごさまを入れると、すべてのお料理は星二つになりまする」

たまきが、真面目な顔で頷《うなず》いた。チーズとマヨネーズを加えた場合と違い、説ではなく真理であるらしい。大地は、ふと思いついた。

「肉じゃがトーストに、半熟の目玉焼きをのせるのはどう思う？」

目玉焼きをトーストにのせること自体は、珍しい発想ではない。宮崎駿《みやざきはやお》のアニメ映画『天空の城ラピュタ』でも、そんな料理が出てきた。「ラピュタパン」と呼ばれていて、検索すると再現料理を見ることができる。

「超美味しそうでございまする」

たまきが、うっとりとした顔で言った。今すぐにでも食べたいと言わんばかりだ。

「お店では出せないから」

先手を打つように大地が言うと、たまきが肩を落とした。

「それは残念でございます」

肉じゃがトースト以上に、まずい。ラピュタパンを思わせる料理をメニューに載せたら、ファンに怒られそうだ。ネットでバッシングを受けて炎上してしまう気がする。

でも、トーストは面白い。普段料理をしない人間にも簡単に作れて、よほどの無茶をしないかぎり味も悪くならない。それこそ、チーズやマヨネーズ、たまごを使えば美味しくできる。

「子ども食堂のメニューにしようかなあ」

大地は呟《つぶや》いた。信樂食堂で、子ども食堂を始めようかという話があるのだ。

子ども食堂とは、無料または安価で栄養のある食事や団欒《だんらん》を子どもたちに提供することだ。料金を取らずに、お手伝いを条件として無料としているところもある。信樂食堂でもやるのなら、料金を取らないつもりだった。

そのことをたまきに言うと、感心された。

「太った腹でございますね」

それを言うなら、太っ腹だ。面倒くさい上に、意味は分かるので突っ込まず話を進めた。

「お金がない子どももいるから」

かつて日本は豊かだと言われていたが、厚生労働省の国民生活基礎調査によると、今や七人に一人の子どもが貧困状態にあるという。

そして、子ども食堂が対象とするのは、貧しい家庭の子どもたちだけではない。両親が仕事で忙しく、独りぼっちで食事をとる子どもたちだ。ずいぶん前からだが、共働きが珍しくない世の中になっている。

「独りは寂しゅうございます」

「そうだね」

大地は、たまきの言葉に頷いた。母が死んだ後、父は仕事に忙しく、独りぼっちですごした日々があった。自分のような子どもを少しでも元気づけたくて、子ども食堂を始めようと思ったのだ。

ちなみに、子ども食堂は川越にもいくつかある。例えば、川越中央通りの商店街の大黒屋《だいこくや》食堂は、全国的に名前を知られている。その中央通り商店街は、昭和八年の道路の開通から八十年以上の歴史を持ち、当時の面影を残す建物がそのまま残っている。昭和の街として感謝祭を行うなど、観光客に人気だった。

子ども食堂をやろうと思っていることは、父に伝えてあった。反対しなかったが、心配していた。

「身体は大丈夫なのか？」

料理は重労働だ。一日中働くと、翌日、疲れが抜けないこともある。若くとも過労は蓄積する。子ども食堂を定休日にやるとすると、身体を休める暇がなくなってしまう。十分承知しているし、無理をするつもりはなかった。

「月一回くらいにするつもりだから」

それに、大地だけでやるわけではない。

「山本さんや朋也《ともや》くんたちも手伝ってくれるって」

そもそもの言い出しっぺが、総菜屋の山本夫婦だった。数日前、昼食を食べに信樂食堂にやって来た。ちなみに、その日のメニューは、とうもろこしと枝豆の炊き込みごはんだった。去っていく夏を思いながら作った料理だ。とうもろこしと枝豆の甘さを塩で引き出している。歯触りも楽しめる一品だ。

食べ終えた後、健三郎が頭を下げてきた。

「若殿のおかげで、うちも年を越せそうだ」

結局、その呼び方が定着してしまった。健三郎と絵美は、大地のことを「若殿」と呼び続けている。

それはともかく、総菜屋に客が来るようになったようだ。コロッケパンだけではなく、他の総菜もよく売れるという。

パン屋の主人が乗り気になって、第二弾、第三弾のコラボ商品として焼きそばパンやハムカツサンドを売り出そうとしているらしい。

さらに、昭和の風情を残した総菜屋として、川越の観光案内で紹介されることも決まったと聞いている。テレビ局の取材もあるようだ。

「儲《もう》けさせてもらったが、そんなに金はいらん。年寄り二人で生きていければいいんだよ」

健三郎は言い、それから話を切り出した。

「場所を貸してもらえないかね」

「場所って、店をですか？」

「図々《ずうずう》しいお願いだというのは分かっている。もちろん断ってくれてもいい」

普通なら領けない頼み事だ。だが、山本夫婦の顔は真剣そのものだった。わけがありそうだ。

「ええと……。事情を聞かせてもらえますか？」

「子ども食堂をやりたいんだ」

独りぼっちで食事をする子どもが多いという話を聞いて、居ても立ってもいられなくなったらしい。

「独りぼっちになっても手を差し伸べてくれる人がいるって、子どもたちに言ってやりたくてな」

小さな声だったが、耳にしっかりと届いた。健三郎の気持ちが身に沁《し》みた。

「自分も参加させてください。ここで子ども食堂をやりましょう」

気づいたときには言っていた。そして、心を打たれたのは、大地だけではなかった。

そのとき、たまたま食事に来ていた朋也が口を挟んだ。

「おれにも手伝わせて」

蓮青寺《れんしょうじ》の次男坊だ。チャラ男だが、気が優しい。健三郎の話を聞いて、目を潤ませていた。

「私にもできることがありますか」

静かな口調で言ったのは、朋也の兄の学《まなぶ》だ。弟と一緒に食事に来ていた。蓮青寺の跡取り息子であり、若くして地域の尊敬を集めていた。高齢者からの人望も抜群で、その上、イケメン僧侶《そうりょ》としても女性人気もある。

「アルバイト代とかいらないからさ」

「当然です」

学が、朋也の言葉に応じた。弟は兄の顔を見て、ふと思いついたように言った。

「お金はいいから、兄ちゃんとデートしてあげて」

「デ、デ、デートっ!?」

学が真っ赤になった。ときどき、こんなふうになることがあった。大地には、その理由が分からない。そういえば、最近、学と同じ反応をする人間を見た気がする。

そんなことを考えていると、たまきがいつになく真面目な顔で返事をした。

「駄目でございます!」

その瞬間、学が崩れ落ちそうになった。赤い顔が、今度は青くなった。朋也がぎょっとした。この世の終わりが訪れたような顔をしている。

たまきは説教するように続けた。

「絵美さまは、夫ある身でございます!」

学と朋也がずっこけた。お笑い芸人のようなリアクションだった。それを見て、山本夫婦が笑った。

「いや、絵美さんじゃなくて……」

朋也は言いかけたが、すぐに諦《あきら》めたようにため息をついた。そして、勝負に負けたスポーツ選手のように項垂《うなだ》れながら言った。

「……もういいです。デートしなくていいです。お金も何もいらないので、手伝わせてください」

「あい。了解でございます」

なぜか、たまきが許可をくだした。それから山本夫婦の顔を見た。

「健三郎さま、絵美さま、愉快な仲間が増えました」

一番愉快なたまきが、何やら言っている。絵美が笑顔で、夫の健三郎に言った。

「ここに来るたびに仲間が増えますねえ」


賄いの肉じゃがトーストを食べ終わったが、開店まで時間がある。しかし、やることがなかった。

「今日は、からあげ王子の番組もございませぬ」

たまきが、つまらなそうに言った。曜日によっては放送しない日があった。大きな事件や災害が起こると、差し替えられることもある。今日は放送のない日だった。テレビをつけると、タレントが映画の宣伝をしていた。

「そうだね。やってないね」

たまきほどではないが、大地もそのテレビ番組を楽しみにしていた。番組のない日は、時間を持て余してしまう。

「お昼寝でもいたしますか？」

「いや眠くないから」

「では、おやつにいたしますか？」

「今、食べたばかりだよ」

「おやつは、いつ食べてもよいものでございます」

放っておいたら、お菓子を持ってきそうだ。そんなに食べてばかりはいられない。

大地は提案した。

「少し早いけど店を開けようか」

「おやつの前に働くのでございますね」

「そういうこと。暖簾《のれん》を出してもらえる？」

「御意でございまする、若殿」

まだ、そのノリを続けるつもりらしい。突っ込むのも面倒くさいので、「頼む」とだけ言った。

たまきは腰が軽い。あっという間に暖簾を出して戻ってきた。

「準備万端でございます！」

大地に報告したときのことだ。開店するのを待っていたかのように食堂の戸が開き、一人の男が入って来た。信樂食堂の常連客だった。

「築山《つきやま》さん、いらっしゃい！」

ガテン系の仕事に就いている築山の見かけは怖いが、大地の料理を最初に認めてくれた恩人だ。毎日のように食べに来てくれて、たまきとも仲がいい。店の宣伝をしてくれたこともあった。その築山の様子がおかしい。目は虚《うつ》ろで、背中を丸めている。歩き方もよたよたしていた。

「お客さままでございまする！」

たまきは潑剌《はつらつ》としている。隣の豆腐屋に届きそうな大声で、入ってきたばかりの築山に言った。

「いらっしゃいませっ！」

「……ああ」

蚊の鳴くような声だった。顔を上げることなく、とぼとぼと歩き、そして崩れ落ちるように椅子に座った。魂が抜けてしまったような状態だ。

どうしたのだろうとは思わなかった。彼がこんなふうに落ち込む理由は一つしかない。たまきも、大地と同じことを思ったらしく築山に聞いた。

「また凛《りん》さまと喧嘩《けんか》なさったのでございますか？」

凛というのは、築山の一人娘のことだ。有名私立中学校に通っていて、頭がいい。生意気なところはあるが、いわゆる美少女だった。

築山は凛を溺愛《できあい》していたが、思春期の娘はつれなく、すれ違いや些細《ささい》な喧嘩が頻繁に起こっていた。そのたびに築山は信樂食堂にやって来て、ゾンビのようになる。仲裁を頼まれたこともあった。

「今度は、何をやったのでございますか？」

たまきは、築山が悪いと決めつけている。今まではそうだった。娘のこととなると暴走するのだ。その築山が、生気を失った目を虚空に彷徨《さまよ》わせながら答えた。

「何もやっていないし、喧嘩はしていない」

「では呆《あき》れられたのでございますね」

客に言う台詞《せりふ》ではないが、大地は止めなかった。このパターンも多いからだ。今まで何度もあった。しかし、これも違うようだ。築山は首を横に振った。

「違う」

「喧嘩でも呆れられたのでもないのでございますか？」

たまきが意外そうに聞き返した。その二つ以外は想像できないと言わんばかりの口振りだ。

「うん。違う」

そして、築山が意味深な台詞を口にした。

「喧嘩だったら、よかったんだけどな」

「ええと……」

大地は、たまきと顔を見合わせた。大事件が起こったようだ。踏み込まないほうがいい気もするが、話を聞いて欲しいと思っている可能性が高かった。そうでなければ、ここに来ないだろう。築山には世話になっている。力になれるかは分からないが、事情を聞いてみることにした。

「どうかしたんですか？」

「凜のことだ」

やっぱり娘のことだった。予想通りだが、喧嘩ではないという。

「これから、ここに来る」

「はあ」

大地は返事をした。それ自体は珍しいことではない。学校帰りに寄ることもあるくらいだ。思い詰めた顔で言うことではないような気がする。

「築山さまと凜さまで、二人分の席でございますね」

たまきが店員らしいところを見せたが、築山は頷《うなず》かない。

「いや、三人だ」

「三人？　お母さまがいらっしゃるのですか？」

「……そうじゃない」

「では、お友達でございますか？」

「……ちょっと違う」

「ちょっとでございますか？」

「……いや、かなり違うかな」

今日の築山は、元気がない上にはっきりしなかった。沈黙の時間が長い。どうしたものかと思っていると、築山が何かを押し出すように言った。

「彼氏を連れて来るんだと」

信樂食堂に衝撃が走った。大地もたまきも驚いた。だが、最もショックを受けているのは築山だった。

「紹介したいそうだ」

呟《つぶや》いた声は、どこにも届かないほど小さかった。

「落ち着いて考えてみると、凜に彼氏がいるのは不思議なことではない。来年には、高校生になるのだ。ただ、どうして信樂食堂に連れて来るのか分からなかった。築山も、凜から何も聞いていないようだ。

「何を考えてるのか分からねえんだよ」

築山が頭を抱えている。男親にありがちなのかもしれないが、年頃の娘を理解できずに途方に暮れているようだ。

大地はかける言葉がなかったが、たまきにはあるようだ。

「築山さま、とうとう、この日が来てしまいました」

ぴんと来た顔をしている。同じ女性として、凜の気持ちが分かったのかもしれない。

築山が聞き返した。

「この日って？」

「結婚の挨拶《あいさつ》でございましょう」

「けっ――」

築山が凍りつき、それから解凍された。

「ちょ、ちょっと待ってくれっ！　凜はまだ中学生だぞっ！」

「恋愛に年齢は関係ございませぬ」

たまきは断言するが、結婚に年齢は関係あるだろう。少なくとも、中学生は結婚できないはずだ。他人事《ひとごと》のように思っていると、火の粉が飛んできた。

「大地さまも、ふられてしまいましたね」

「ふられたって――」

確かに、凜は大地のことを好きだと言っていたが、しょせん中学生の言うことと気にしていなかった。当たり前だが、付き合っていたわけではない。恋愛感情を抱いたこともなかった。それなのに、それなのに、築山までが大地を責め出した。

「そうだ。おまえがしっかりしないから、凜が……。だ、大地、おまえの責任だぞ！」

火の粉が燃え始めている。このままでは危ない。大火事になる前に消すべきだ。

「しっかりするも何も――」

そんな関係ではない、と言い返そうとしたときだ。

「こんにちは」

挨拶とともに、凜が食堂に入って来た。聞いていた通り、一人ではなかった。隣には、眼鏡をかけた男の子がいる。初めて見る顔だった。

大地と築山は、言葉を失った。びっくりしたのだ。凜の連れは、予想もしない男の子だった。

たまきがしたり顔で言った。

「年下の男の子でございます」

「年下っていうか――」

凜の隣にいたのは、ランドセルのよく似合う小学生の男の子だった。

「はじめまして。坂本樹《さかもといつき》、初等部の四年生です」

小学生の男の子――樹が、丁寧に挨拶した。言葉遣いは大人びているが、やっぱり小さい。大地より頭二つか三つくらい背が低かった。凜の恋人ではないような気がする。いくら何でも年下すぎるだろう。

大地と築山を差し置いて、信樂食堂の看板娘が挨拶を返した。

「たまきでございます」

小学生相手でも丁寧だ。それから、大地を紹介しようとする。

「信樂食堂の若殿の――」

また、この台詞だ。小学生相手に恥ずかしい。大地は止めようとした。だが、樹の返事のほうが早かった。

「もちろん知っています」

その言葉も意外だった。初対面のはずなのに知っている？　また、どこかで噂になっているのだろうかと思ったが、犯人は目の前にいた。

「私が話したの」

凜が言った。信樂食堂に連れてきたのだから、説明くらいはするか。そう思ったが、甘かった。とんでもない言葉が樹から飛んできた。

「凜先輩の婚約者の大地さんですね」

大地は眩暈《めまい》に襲われた。若殿よりも、もっとひどい。二十六歳の成人男性が、中学生の女の子と婚約してはならない。親の決めた許婚《いいなずけ》でもないかぎり犯罪だ。そんな噂が広まったら生きていけない。

「あのね――」

訂正しようと思ったとき、しばらく黙っていた簗山が口を開いた。

「こ、こ、こ、婚約者っ⁉」

目を白黒させながら叫んだのだった。店の外まで響くような大声だった。

「お父さん、うるさい。近所迷惑よ」

凜が顔をしかめて言ったが、簗山は聞いていない。大地を睨《にら》んでいた。鬼のような顔だった。

「おまえ、いつの間にっ⁉　お、お、おれの許しもなく――」

何もやっていないのに、次々と火の粉が飛んでくる。誤解を解こうと思っても話す暇がなかった。凜が言い返した。

「どうして、お父さんの許しがいるのよ。愛し合う二人の邪魔をしないで」

「愛し……合う……」

簗山が、へなへなと崩れ落ちた。ある意味、火の粉は消えた。だが、誤解は深まった気がする。

「二世の契りを結んだのでございますね」

たまきが納得している。ちなみに、二世の契りとは来世までも夫婦として連れ添おう、という約束のことだ。古語辞典にも登場する美しい言葉だが、ここで使わないで欲しかった。

「ち……契り……」

築山の誤解が、さらに深まった。そこだけ切り取ると、別の意味になってしまう。犯罪者になってしまう。

「そうよ」

凜が雑に返事をした。父親の相手をするのが面倒くさいのだろうが、肯定しないで欲しい。しかも、樹は真に受けている。

「凜先輩、かっこいいです！」

どうやら樹は彼氏ではないようだ。だが、すると、ますます信樂食堂に連れてきた意味が分からない。

こんなとき、たまきは強い。自分の思ったことを、そのまま口にする。

「今日は、ごはんを食べにいらっしゃったのでしょうか？」

いい質問だった。火の粉を飛ばしてないで、用件を聞かせて欲しい。

「大地さんにお願いがあってきたの」

「お願い？」

「うん。樹に料理を教えてあげて欲しいの」

これまた意外な展開だった。この小学生に料理を教える？　樹の顔を見ると、「お願いします」と頭を下げられた。神妙な顔と態度だ。

「料理人になるために、大地さまに弟子《でし》入りしたいのでございますね」

たまきが話をまとめようとするが、凜が否定した。

「樹は、料理人じゃなくて、お医者さんになるのよ」

そっちのほうがイメージに合っている。医者を目指して勉強していそうな顔だ。

「なるほど！　お医者さまになるために、大地さまに弟子入りするのでございますね！」

たまきが膝《ひざ》を打つが、定食屋に弟子入りしても医者にはなれない気がする。

「医者のことは、いったん忘れてください」

樹は冷静だった。脱線しかけた話を戻した。

「もうすぐ父と母の結婚記念日なんです」

その台詞《せりふ》を聞いて、倒れ込むように座っていた簗山が反応した。

「結婚記念日に料理を作ってやろうって寸法だな」

声も表情も復活している。見かけは怖いが、情に厚い。この手の話が大好きだった。

その予想は間違ってはいなかったが、そこまで単純な話でもなかった。樹が、大人びた口調で言った。

「実は、離婚しそうなんです」

「……そうか」

築山の声が低くなった。彼も妻と別れていた。詳しい事情は知らないが、苦労をしている。離婚はデリケートな問題だ。ましてや話しているのは、小学生なのだから。

そう思って大地も築山も口を閉じたが、たまきは遠慮がなかった。

「どうして離婚なさるんでしょうか?」

「こら、たまきっ!」

大地が叱《しか》ると、樹が「いいんです」と言った。小学生とは思えない落ち着いた声だった。

「聞いてもらうつもりで来ましたから。大地さん、聞いてもらえますか?」

「は……はい」

大地が頷《うなず》くと、樹は話を始めた。

樹は、一人っ子ではなかった。二つ年下の妹・美月《みつき》がいた。年齢的には小学生だが、学校には行っていない。入学式の直前に病気が見つかり、入院生活を送っていた。

両親は、樹に病名を教えてくれなかった。ただ、重い病気だということは知っていた。手術をしても退院できずに学校にも行けないのだから、軽い病気じゃないに決まっている。

そのころから父母は共働きで忙しかった。樹には何も言わなかったけれど、妹の病院代を稼ぐ必要があったのかもしれない。

だから、樹は一人でお見舞いに行くことが多かった。通っている私立小学校に比べれば病院は近い。両親も、一人で行くことを許してくれた。

美月は、樹が顔を見せるとよろこんだ。学校のことを聞きたがった。友達のこと、先生のこと、先輩のこと、テストのこと、運動会のこと、宿題のこと。樹は思いつくかぎりの話をした。その後、妹は決まって言った。

「私も学校に行きたかったなあ……」

早く治して行けばいいじゃん――そう返すことができれば、どんなによかっただろう。妹は退院どころか、ベッドから起き上がることもできなかった。会うたびに瘦せていった。お見舞いに行っても会えないときが何日もあった。

それでも会えるうちはよかった。日が経つに連れ、面会できないことが増えた。忙しいはずの両親が、仕事を休んでお見舞いに行くようになった。樹は、病院の待合室で母が泣いているところを見てしまった。

そんなある日、樹は一人でお見舞いに行った。病室には、美月しかいなかった。いつものようにベッドに横たわっている。

——寝ている。

そう思った。最近は、鎮静剤を打たれて眠っていることが多かった。

眠っている間は苦しまなくて済む、と父は言っていた。樹は声をかけずに病室から出ていこうとした。そのときのことだった。

「お兄ちゃん——」

美月の声が聞こえた。眠っていたはずの妹が、樹を呼んだのだった。それも、はっきりとした声だった。

樹は驚き、振り返った。すると、美月が目を開けていた。顔色は紙のように白いが、しっかりとこっちを見ていた。

「……どうした？　どっか、痛い？」

顔をのぞき込むようにして問いかけたが、妹は返事をせず反対に聞いてきた。

「お兄ちゃん、お医者さんになるんだよね？」

唐突な質問だったが、樹は返事をした。

「うん」

妹が病気になってから医者になると決めた。美月の病気を治してやりたかった。元気にしてやりたかった。

「本当はね、私もお医者さんになりたかったの。お医者さんってかっこいいから」

美月は言った。初めて聞いたことだった。樹は黙って妹の話を聞いた。

「でも、なれないの。学校にも行ってないから、勉強もしてないから、すぐに倒れちゃうから、お医者さんになれないの」

病気は夢を見ることさえ奪ってしまう。そして、妹が奪われたのは、夢だけではなかった。

「それに、私、大人になれないから」

とっさに否定できなかった。慌てて何か言おうとしたが、美月に遮られた。

「いいの。分かってるから。もうすぐ死んじゃうんだって分かっているから」

涙が溢《あふ》れそうになった。でも泣いてはいけない。病気の妹の前で泣いては駄目だ。樹は、涙をぐっと堪《こら》えた。妹はベッドに横たわったまま続ける。

「お医者さんになって、みんなを助けてあげて」

小児科病棟には、学校に行けない子どもたちがたくさんいる。外の世界を知らないまま、死んでしまう子どももいた。

この世から病気をなくすのは無理でも、一人でも多くの子どもを助けたかった。苦しみを和らげてやりたかった。

「お兄ちゃんならできるから、きっとお医者さんになれるから、みんなを学校に行けるようにしてあげて」

このとき、樹は気づいた。妹が自分の病気を治してくれと言わないことに。その代わり、美月はこう言った。

「パパとママにごめんなさいって。こんな子どもでごめんなさいって言っておいて」

そして、妹は目を閉じた。眠ってしまったのだった。


「その二日後、妹は死んでしまいました。まだ八歳にもなってなかったのに、死んじゃったんです」

樹の目は赤くなっていた。たまきと凜は、しんみりとした顔をしている。その隣で、築山はぼろぼろと涙をこぼしていた。

「妹がいなくなって、父も母も気落ちしちゃったんだと思うんです。家でも、あまりしゃべらなくなりました」

「じゃあ、それが原因で離婚を……」

「ぼくには分かりません」

首を横に振ったが、築山の言葉を否定している顔ではなかった。子どもを亡くして離婚する親は多いと聞いたことがある。あるいは、樹の両親もそうなのかもしれない。

「お父さんとお母さんのために料理を作りたいんです。大地さん、ぼくに料理を教えてください」

樹は、頭を深々と下げた。

「そう言われても……」

大地は困り果てていた。力になりたいが、小学生に料理を教えていいものだろうかと悩んでいた。包丁も使うし、ガスコンロも使う。怪我や火傷《やけど》の心配もあった。知り合いならともかく樹と会ったのは初めてなのだ。

すると、築山が頭を下げてきた。

「おれからも頼む。樹くんに料理を教えてやってくれ」

乱暴なところはあるが、築山は馬鹿ではない。常識ある社会人だ。子どもに料理を教えるリスクも承知した上で頼んでいるのだ。

「お願いします」

「大地さん、お願い」

樹と凜も頼んできた。会ったこともない美月の顔が浮かんだ。想像の中で、学校にも行けなかった少女は頭を下げていた。

それでも、大地は迷っていた。万が一のことを考えると、簡単に頷《うなず》くことはできない。断ったほうがいいと思いかけたときだ。たまきが言ってきた。

「大地さま、これも『子ども食堂』でございます」

はっとした。独りぼっちの子どもの力になりたい、と思っていたことを忘れていた。できることから始めようと思っていたのに、見すごしてしまうところだった。大地は反省し、心を決めた。

「保護者の承諾をもらってきてもらえる？」

「はい！」

樹が返事をした。幼い女の子の声が混じっているように聞こえたのは、たぶん気のせいだろう。

夕食時まで、まだ時間がある。いつもより早く食堂を開けたこともあって、客も来ていない。小学生相手にどこから教えればいいのか分からないので、樹にいくつかの質問をすることにした。

「ごはんは炊ける？」

「はい。炊飯器があれば」

「炊いたことあるの？」

「両親が共働きなので、自分で用意することもあります」

「自分で？　料理するの？」

「いいえ。料理ではなく、作り置きのカレーや冷凍食品、レトルトなんかを温め直すだけです」

学校の家庭科の授業を除けば、コンロや包丁を使ったことはないという。でも、立派なものだ。それさえできない大人もいる。大地は質問を進めた。

「どんな料理を作りたいの？」

ローストビーフやステーキのような派手な料理を思い浮かべながら聞いた。結婚記念日のご馳走《ちそう》なのだから、七面鳥の丸焼きくらいは言うかもしれないとも思ったのだ。

しかし、戻ってきたのは意外な返事だった。

「健康によくて安上がりな料理をお願いします」

「え？」

「節約レシピを教えて欲しいんです」


夏休みが終わって九月になった。相変わらず暑かった。ただ、朝晩はいくらか涼しい。季節は秋になり、ゆっくりと冬に向かって進み始めていた。

樹に料理を教えたのは、そんな秋の昼前――信樂食堂の定休日のことだった。少年は、約束の時間ぴったりにやって来た。

「お休みの日にすみません」

相変わらず大人びている。ただ大地には無理に大人になろうとしているようにも見えた。

「気にしなくていいから」

もともと、子ども食堂をやるつもりでいたのだ。今回は、健三郎や絵美、朋也たちには声をかけなかった。樹の両親の離婚が絡んでいる。人を増やさないほうがいいだろう。

「昇吾さんは？」

聞いたのは、築山だ。凜と一緒に食堂に来ていた。

「知り合いのお見舞いに行くとか言っていました」

透かさず、たまきが口を挟んだ。

「わたくしが、お父さまの代わりを務めさせていただきまする」

「親父さんの代わりって何するの？」

築山が不思議そうに聞いた。確かに分からない。今のところ父は、子ども食堂の件にノータッチなのだ。普段の食堂の調理ならともかく、樹に料理を教えるのに参加する予定もなかった。

「味見でございます」

当たり前のことを聞くな、という口調で返事をした。迷いのない顔をしている。

「どんどん作ってくださいませ。十人分の味見をいたします」

「親父さん、十人分も食わないだろう」

「わたくしの計算では、十人分でございます！」

強引に言い切った。反論を許さない口調だった。冗談のような台詞《せりふ》だが、本気で言っている。

「たまきさんって、すごいですね」

樹が感心している。いろいろな意味に取れるが、たまきは素直によろこんだ。

「あい。計算は得意でございまする」

これ以上、しゃべらせると小学生に悪影響を与えそうだ。

「始めようか」

大地は樹に言った。だが、厨房《ちゅうぼう》へは行かなかった。卓上コンロを使って、店で教えるつもりだ。用意しておいた食材をテーブルに並べた。

「今日は、これを使うつもり。知ってるよね？」

樹に聞いたのだが、返事をしたのはたまきだった。

「あい！ わたくし、超知っておりますっ！ 茄子《なす》さまでございまするっ！ 秋の味覚でございますっ！」

父の代理を自称する娘はうるさかった。大地が並べたのは、紫色をした長茄子だ。誰もが思い浮かべるであろう、一般的な茄子である。

「どの茄子を使おうか悩んだけどね」

「茄子って、そんなにたくさんの種類があるんですか？」

「うん」

丸茄子、小茄子、米茄子、水茄子、賀茂《かも》なすと挙げれば切りがない。身近なところでは、埼玉県の伝統野菜に『埼玉青なす』がある。淡緑色で丸い巾着《きんちゃく》形をしている。普通の茄子に比べてアクが少なく煮ても焼いても美味《おい》しいが、節約レシピということで用意しなかった。

「ちなみに、今日の料理は青なすでもできるから」

「青なすも美味しゅうございます」

たまきが相槌《あいづち》を打ち、それから知識をひけらかす顔で全員に聞いた。

「『秋茄子は嫁に食わすな』という諺《ことわざ》を知っておられますか？」

「もちろんだ」

築山が即座に返事をした。娘にいいところを見せようとしているのか、胸を反らすようにして諺の解説を始めた。

「秋茄子は旨《うま》いから嫁に食わせるなってやつだろ？　嫁いびりの諺だよな」

間違ってはいないが、その説明だけでは不足だ。たまきが首を横に振り、築山の返事を採点した。

「半分だけ正解の二十八点でございます」

微妙な点数である。五十六点満点なのだろうか。

「え？　違うの？」

築山が聞き返した。本当に知らないらしく、きょとんとした顔をしている。大地もそうだが、学生時代にあまり勉強をしなかったのだろう。もしくは忘れてしまったか。

「お父さん、あのね」

凜が口を挟んだ。

「秋茄子は身体を冷やすから、嫁に食べさせては駄目という意味もあるのよ」

もの分かりの悪い生徒の相手をする教師の口調だった。そして教師はもう一人いた。

「種子が少ないから子どもに恵まれなくなる。それを姑《しゅうとめ》が心配しているという意味もあるみたいです」

樹が補足した。さすがに二人ともよく知っている。真面目な子どものほうが、諺の知識はあるものだ。たまきが、最後にまとめた。

「つまり、超美味しいという意味でございます」

その台詞を聞いて、樹が驚いた顔になった。たまきに慣れていないと、こんな顔をする。一方、たまきに慣れている築山は聞き流すことを知っていた。何もなかったように話を進めた。

「茄子は旨いけど、子どもには地味じゃねえか」

そう言われることは予想していた。大地が返事をする前に、凜が父親の言葉に反応した。

「お父さんが、野菜苦手なだけでしょ」

「苦手じゃねえよ」

「じゃあ、どうしてお肉ばっかり食べるのよ」

凜は厳しいが、喧嘩《けんか》を売っているわけではない。偏食傾向のある父親の身体を心配しているのだ。

「いや、それは……」

築山は言葉に詰まったが、すぐに開き直った口調で反撃した。

「おまえだって、茄子だけの飯は嫌だろ？」

「それはそうだけど——」

「ほら見ろ」

「それとこれとは話が別だから」

「どう別なんだよ？」

築山も凜も向きになる性格だ。本格的な言い合いが始まりそうだったが、たまきが割り込んだ。

「心配無用でございます。大地さまの絶品茄子料理でございますぞ。地味なはずがありませぬ」

仲裁しているつもりだろうが、これから作る料理のハードルを上げすぎだ。放っておいたら、まだまだ上げるだろう。大地は、慌てて口を挟んだ。

「絶品かは分からないけど、美味しく食べられる茄子料理を選んだつもりです」

「へえ。そんな茄子料理があるんだ。麻婆茄子《マーボー》じゃないよな」

「麻婆茄子も美味しいですが、今回は違います。もっと簡単にできる料理です」

茄子はいろいろな料理に使える。最初は、鴫焼《しぎや》きにしようかと思った。輪切りにした茄子に油を塗って、両面を焼いて練り味噌《みそ》をつけた料理のことだ。

伝統的な料理で、江戸時代の前から鴫焼きのもとになった調理法はあったという。それこそ小学生には渋すぎる。酒の肴《さかな》にぴったりの料理なのだから。

「じゃあ、作ってみようか」

「はい」

樹は、エプロンを締めた。ちゃんと自宅から持って来ていた。準備万端。やる気のある顔をしていた。大地は指示を出した。

「まずは茄子を切ることから始めよう」

料理は、あっという間にでき上がった。簡単な料理を選んだということもあるが、樹は器用で筋がよかった。大地が手直しするところは、ほとんどなかった。

「たいしたもんだ」

「うん。お父さんの料理より上手」

フライパンをのぞき込み、簗山親子が感心している。見るからに美味しそうな茄子料理ができあがっていた。

「たまきさん、どうでしょう？」

樹が開いたのは、たまきが難しい顔をしていたからだろう。こんな顔をするのは珍しい。料理が気に入らないのだろうか。

「何か変なところがありますか？」

少年に重ねて問われ、たまきは返事をした。

「分かりませぬ」

やはり、いつもと様子が違う。愛想のない声だった。小学生相手にいただけない態度だ。大地は注意した。

「分からないってことはないだろ」

「肝心なのは味でございます。食べてみなければ分かりませぬ」

そう言って箸《はし》を手にした。難しい顔のまま続けた。

「わたくし、実食いたします」

何のことはない。ただ、食べたいだけだった。早くも箸を伸ばそうとしている。大地は、それを止めた。

「まだ食べちゃ駄目だよ」

「ど、ど、どうしてでございますかっ⁉」

たまきが動揺している。理不尽なことを言われた顔だ。よほど食べたかったようだが、まだ食べさせるわけにはいかない。

「もう少し待って」

宥《なだ》めるように言ってから、完成した料理を厨房《ちゅうぼう》に避難させた。たまきが箸を持ったまま茄子《なす》料理を見送った。

「早く食べとうございます」

未練がましく言って、眉《まゆ》を八の字に寄せたときだ。

「こんにちは」

控え目な挨拶《あいさつ》とともに入り口の戸が開き、四十歳手前くらいの男女が店に入ってきたところだった。

「今日はお休みでございます」

たまきが返事をした。この二人の正体に気づいていないのだ。そういえば、たまきには何も教えていなかった。大地は耳打ちした。

「樹くんのご両親だよ」

少年と相談して、離婚しそうな父母を招待したのだ。これからが、子ども食堂の本番だった。

「樹がお世話になってます」

腰を折って挨拶をしたものの、樹の両親は戸惑っていた。息子が料理を作ってくれるのはいいが、自宅ではなく定食屋に呼ばれた理由が分からないのだろう。店の人間ではある大地やたまきはともかく、築山親子がいることも不思議に思っているようだ。もちろん理由があった。築山がいなければ話は始まらない。だが、そのことには触れず、大地は二人に席をすすめた。

「こちらの席にどうぞ」

両親が座るのを待って、大地は樹に声をかけた。

「料理を盛り付けよう」

「は……はい」

樹の表情は硬かった。緊張している。

「大丈夫。上手《うま》くいくから」

大地は小声で言い、少年を連れて厨房に行った。盛り付けたのは樹だが、それほど時間はかからなかった。

「これでいい。お父さんとお母さんに食べてもらおう」

「はい」

返事をしたが、緊張はほぐれていないようだった。樹は、できたばかりの料理をトレーに載せて食堂に運んだ。

店に戻ってみると、たまきがお茶を淹《い》れたところだった。樹の料理に気づき、大声を上げた。

「ご馳走《ちそう》でございます！　なんと、丼《どんぶり》さまでございます！　超美味《おい》しそうなごはんが参りました！　やっと食べられるのでございますね？」

その言葉で、樹の表情が和らいだ。

「たくさん食べてください」

たまきに返事をしてから、料理をテーブルに並べた。それから、ほんの少しだけ自慢するような口調で言った。

「ぼくが作った丼です」

両親の分だけでなく、大地や築山親子、たまきの分まである。その丼をのぞき込むように見ながら、樹の父親が聞いた。

「すごいな。何ていう料理だ？」

「茄子の照り焼き丼だよ」

それが、大地が教えた料理だった。小学生にも作れるメニューだ。輪切りにした茄子に片栗粉を塗《まぶ》して、たっぷりの油で焼く。そこに醬油《しょうゆ》とみりん、砂糖を絡ませるだけだ。この味付けをおぼえておけば、茄子だけでなく、鶏肉《とりにく》や魚介、他の野菜、厚揚げなどでも美味しく作ることができる。照り焼き風の味付けは万能だ。

今度は、樹の母親が言った。

「茄子の紫が綺麗《きれい》に出てるわ」

「うん。そういうふうに作ったから」

ポイントの一つだ。茄子の皮は長時間加熱すると色素が抜けてしまう。色素成分であるアントシアニンが水溶性だからだ。それを防いで発色をよくするために、茄子の皮に油を塗ってあった。

そうやって作った茄子の照り焼きを丼にしたのだった。ごはんにのせるだけでも美味しいが、もう一品、とっておきの食材を加えてあった。

「目玉焼きさまでございます！　たまごさまがのっておられまするっ！」

たまきが報告するように言った。茄子の照り焼きの上に半熟の目玉焼きをのせたのだ。よく見かけるアレンジだが、たまきの言葉がヒントになった。


たまごさまは偉大でございまする。たまごさまを入れると、すべてのお料理は星三つになりまする。

見映えや味だけではない。たまごは安価な上に、栄養価に優れている。ビタミンCと食物繊維以外の身体に必要な栄養素をすべて含んでいるという。中でも、コリンは認知症の予防に効果があると言われ、注目を集めている。

ちなみに、たまごを食べるとコレステロール値が上がると言われた時代もあったが、現代では否定される傾向にある。その理由の一つとして、鶏卵にはコレステロールを低下させる作用のレシチンという成分が含まれており、極端に敬遠する必要はないことが挙げられていた。

「パパ、ママ。食べてみてよ」

樹がすすめた。子どもらしい言葉遣いだった。当たり前のことだが、家と外では話し方が違うのだろう。少年は、食堂にいる全員にも言った。

「大地さんも、凛先輩も、凛先輩のお父さんも、それから、たまきさんも食べてみてください」

ついでのように呼ばれたが、たまきの反応が一番早かった。

「よろこんで実食させていただきます！」

待ってましたとばかりに、丼と箸《はし》を手に取った。

たまきに釣られるようにして、築山親子が茄子《なす》の照り焼き丼に箸を付けた。最初に感想を言ったのは凛だった。

「この目玉焼き、プロが作ったみたい。大地さんが作ったの？」

「作り方を教えただけ。作ったのは樹くん」

そう答えると、たまきが言った。

「美味しゅうございます！　天才でございます！」

目玉焼きは蒸し焼きにしてあるが、表面が固まる程度にしか火を通していない。箸で突《つつ》くと、トロトロの黄身が流れ出してくる。それを茄子とごはんに絡《から》めて食べる。

「茄子、すげえ旨《うめ》え……」

今度は、築山が言った。大地も味を見ていたが、本当に上手く作ってあった。茄子は油を吸い込む野菜だが、同時にタレも吸い込んでいた。嚙《か》むと、ゴマ油の香りと砂糖醬油の味が弾《はじ》けるように広がる。半熟の目玉焼きとの相性も最高だ。

「おいしすぎる」

凜が応じた。満足そうに茄子を頰張っている。

そんな築山親子に向かって、たまきが説教するように言った。

「美味しいのは、茄子さまだけではございませぬ。丼ものの真打ちは、ごはん師匠でございます」

いつ弟子入りしたのかは謎だが、たまきの言う通りだ。タレの染みたごはんは絶品だ。いや染みているのは、タレだけではない。丼を見ると、とろとろの黄身と甘辛いタレが混じり合うようにして、ごはんに染み込んでいっていた。濃厚なたまごかけごはんにも見えた。

「ごはん師匠、すごい……」

「ああ、最高だ。箸が止まらねえよ……」

凜がため息をつき、築山が絶賛した。

「あい！　箸が止まりませぬ！」

たまきが、ラストスパートのように箸を動かす。猛烈な勢いで茄子の照り焼き丼を食べていく。

「それじゃあ、いただきます」

樹の両親も丼を食べた。そして驚く顔になった。

「これを樹が作ったの？」

「うん。パパとママの結婚記念日だから」

母親は言葉に詰まり、父親は気まずそうな顔をした。お互いの顔を見ない。離婚しそうだというのは、本当のことのようだ。そんな両親に向かって樹が続けた。

「大丈夫。知ってるから」

「知ってる……？　何をだ？」

樹の父親が聞き返した。動揺しているらしく、その声は掠《かす》れている。母親は目を伏せた。

「離婚するんでしょ。今、どっちがぼくを引き取るか話し合ってるんだよね」

「いや、そんなことは——」

父親が何か言おうとするが、樹はそれを遮った。

「いいんだ。ぼく、聞いちゃったから」

同じ家に住んでいるのだから隠すほうが難しい。何も知らないようで、子どもはいろいろなことに気づいている。特に、両親の不仲は伝わるものだ。妹の死をきっかけに歯車が狂ったのなら、なおさら気がつく。

「聞いちゃったって……」

言い返そうとしたが、言葉が浮かばなかったようだ。母親は、どうしていいか分からない顔をしている。

大地は黙ってその様子を見ていた。自分が樹にできるのは、料理を教えることだけだ。世の中は複雑で、料理で解決できることなんてないのかもしれない。

でも、気持ちを伝えることはできる。優しい気持ちは、絶対に伝わる。そう信じて料理を教えた。樹もそう信じて料理を作ったはずだ。

「早く食べないと冷めちゃうよ」

樹が明るい声で言った。両親を元気づけようとしている声だ。辛《つら》いだろうに、笑って見せている。

「そうだな」

樹の父親は箸を取り、しかし、すぐに置いた。何分か考えた後、決心したように母親に言った。

「もう一度、話し合ってみないか」

母親は、すぐには返事をしなかった。考え込んでいる。誰にとっても離婚は大問題だ。簡単に気持ちは変わらないのだろう。

それでも、樹の料理を食べて思うところがあったらしく、呟《つぶや》くように言った。

「……そうね」

その言葉を聞いて、たまきが相槌《あいづち》を打つように言った。

「子は鎹《かすがい》でございますね」

諺《ことわざ》だ。古くさい言葉かもしれないが、今の時代だって子どものために離婚を思い止《とど》まっている夫婦はいる。

だが、樹は首を横に振った。少年の願いは、両親がやり直すことではなかった。

「鎹になるつもりないから」

樹の両親が、我が子の顔を見た。何を言われたか分からなかったようだ。二人の疑問を代弁するように、たまきが聞き返す。

「どういう意味でございますか？」

「離婚してもいいと思っているんです」

それが樹の返事だった。少年は、両親が別れることに反対していなかった。大地も築山も、凛も、樹の気持ちを知っていた。その上で応援していたのだ。

「ぼくね、パパとママのことが大好きなんだ」

樹の話は、そんなふうに始まった。

「ぼくのために無理をして欲しくないんだ」

「無理だなんて……」

母親は言い返そうとするが、言葉が続かなかった。離婚するつもりでいたのだから、否定しにくいのだろう。

大地の耳には、樹から聞いた言葉が残っていた。


妹と約束したんです。

頑張るって約束したんです。


料理を作っているときに聞いた言葉だ。少年の心には、死んでしまった妹がいた。美月との約束を果たそうとしていた。だが、樹はその名前を口にしない。それを口にすれば、両親が困ることが分かっているのだ。

「パパとママに育ててもらって、もちろん、まだまだ子どもだけど、少しは自分のことをできるようになったんだ。大地さんに料理も教えてもらったし、このままの成績なら特待生にもなれる」

誰も口を挟まなかった。樹の両親も築山親子も、そして、たまきさえも黙って話を聞いていた。樹は父母の目をまっすぐに見て続けた。

「パパとママが離婚したら、ぼくは凜先輩の家に下宿させてもらう」

どちらの世話にもならない、と言ったのだ。

「下宿って、そんな簡単な話じゃあ――」

樹の父親が言いかけたが、築山が口を挟んだ。

「うちは構いません」

きっぱりとした口調だった。築山は、そのことを伝えるために同席していた。最初は反対していたが、樹の話を聞くうちに味方になったのだ。


頑張ってみろ。

気が済むまで頑張ってみろ。

美月ちゃんの分まで頑張ってみろ。

でも、困ったことがあったら、おれを頼ってくれ。

頑張って頼ってくれ。

築山は、樹に何度も言った。涙を流しながら、力んだ声で繰り返した。

「でも、小学生の子どもが下宿なんて――」

母親が反対する。世間体もあるし、もちろん樹を心配してもいる。いきなり他人の家に下宿すると言われて、母親が頷《うなず》かないのは当然だ。

でも樹の意志は固かった。思いつきで言ったわけではないのだ。

「法律的に問題があるようなら、母が力を貸してくれます」

そう言ったのは、凜だった。彼女の母親は、腕のいい弁護士だ。家族法に精通しており、離婚訴訟も多く扱っている。もちろん樹の両親を脅しているのではなく、「樹は独りぼっちじゃない」と伝えたいのだ。

その思いは伝わっている。樹は頷き、両親に言った。

「だから、パパもママも好きなようにして。ぼくは大丈夫だから。一人でできるから。ぼくのために仲直りしなくていいから。もう無理しなくていいから」

親の気持ちは分からないが、子どもの気持ちは分かる。親は我が子の幸せを祈るものだが、子どもだって父母のことを考える。自分のために嫌な目に遭って欲しくないと思うものだ。

樹の両親は返事をしなかった。すぐに答えられる問題ではない。樹が困った顔になった。両親を追い詰めた気持ちになったのだろう。

空気が重くなりかけたとき、築山が取りなすように言った。

「そういう方法もあるって話ですよ。ご家族でゆっくり考えてみてください。まあ、とりあえず今は食べましょうや。せっかくの料理が冷めちまいますから」

それから、たまきに話を振った。

「料理は温かいうちに食べるものだよな」

「あい。わたくしを見習って欲しいものでございます」

即答だった。たまきが胸を張った。彼女の丼《どんぶり》を見ると、飯粒一つ残っていない。今まで比較的静かだったのは、一心不乱に茄子《なす》の照り焼き丼を食べていたからのようだ。

「これが、わたくしの実力でございます」

たまきがさらに威張った。胸を反らしすぎて転びそうになっている。

凜が噴き出し、樹も笑った。子どもらしい笑顔が、そこにあった。樹の両親がほっとしたように、再び箸《はし》を持った。

「おかわりありますから、たくさん食べてください」

大地は全員に言った。心の底からの言葉だった。生きていくのは難しく、人生はままならないものだ。樹の母親の言うように、小学生が他人の家に下宿はできないのかもしれない。たとえ下宿できたとしても、築山や凜と上手《うま》くいかなくなる可能性だってある。両親と一緒にいればよかったと思う日もあるだろう。

樹が医者になれるかどうかだって分からない。挫折《ざせつ》することもあるだろうし、お金儲《もう》けだけに精を出す医者になることもあり得れば、妹との約束に押し潰《つぶ》されてしまう可能性だってある。

だけど、大地は信じたかった。明るい未来が訪れることを信じたかった。

樹が医者になって、病気で苦しんでいる子どもたちを救えるようになると。生きていれば、きっといいことがあると。

そのためには、しっかり食べなければならない。食べることは、生きることなのだから。

「たまごさま、茄子さま、ごはん師匠を増し増しでお願いいたしまする」

たまきが丼を突き出した。大盛りを要求したのだった。信樂食堂の看板娘は、生きる力に溢《あふ》れている。

第五話

白露《はくろ》——彼女の栗ごはん

長峰園川越札の辻店

狭山《さやま》茶発祥の地とされる川越の中心、蔵造りの町並み（一番街《いちばんがい》商店街）札《ふだ》の辻《つじ》の角にあるお茶の店。茶葉だけでなく、スイーツや茶道具も売っている。また、明治時代に建てられた歴史ある店舗は観光名所としても人気があり、都市景観デザイン賞を受賞している。

西武新宿線本川越駅より徒歩十六分

秋分の約十五日前、つまり九月八日ごろを「白露」と呼ぶ。

このころから秋らしい気配が感じられる、と辞書には書かれている。信樂食堂でも、秋の食材を使い始めていた。だが、涼しくなったわけではない。

「どこが秋らしいんだよ。三十度を超えてるじゃねぇか」

常連客の築山が、食堂に来るたびに文句を言っていた。七月や八月ほどではないが、熱中症に注意しなければならない陽気が続いていた。

今日も暑かったが、このとき、大地は暑さを感じない場所に来ていた。廊下は綺麗《きれい》に磨き上げられ、消毒液のにおいがする。暑くも寒くもないように、廊下にまで空調が入っていた。病院の入院病棟だ。この病院は、父が入院していた場所でもあり、母が息を引き取った場所でもあり、大地が生まれた場所でもあった。ここに来ると、いろいろなことを思い出す。

入院している母のお見舞いに行った日のこと。

死んでしまった母を見て泣いたこと。

父が倒れて不安な気持ちになったこと。

また一つ、記憶が加わろうとしていた。これから、悲しい現実に直面しなければならない。

樹に料理を教えた日のことだ。閉店後、部屋でくつろいでいると、父がやって来た。

「ちょっと話していいか?」

「うん。いいけど」

改まって何の話だろうと思いながら返事をした。たまきも自分の部屋に戻って寝て
しまったらしく静かな夜だった。

「遥香ちゃんのこと、どう思う?」

「どうって……」

大地は戸惑った。質問の意図が分からなかったのだ。すると、父がまた聞いた。

「彼女のこと、嫌いか?」

「え? 嫌いじゃないけど」

そう答えると、さらに意外な質問をした。

「交際してみる気はないのか?」

ようやく恋愛感情があるか聞かれたと分かった。大地の戸惑いは大きくなった。こ
んなふうに女性のことを聞く父ではなかったからだ。しかも父は、真剣な顔をしてい
た。茶化すことなく返事を待っている。

「いきなり、そんなこと言われても……」

曖昧《あいまい》に答えると、父は話を変えるように質問を重ねた。

「たまきちゃん、おまえの婚約者じゃないんだろ？」

「はい？」

「恋人じゃないよな？」

この質問も、最初は意味が分からなかったが、少し考えてからその設定を思い出した。大地がそう紹介したわけではないが、父は、たまきを大地の恋人だと勘違いした。嫁だと思っていた時期もある。

「うん。そういう関係じゃない」

たまきの名誉もあると思い、はっきりと答えた。たまきのことは嫌いではないが、恋愛から遠いところにいた。

「だったら大丈夫だな」

質問ではなく、独り言のようだった。実際、大地の返事を待たずに続けた。

「遥香ちゃん、おまえのことが好きみたいだぞ」

「ええっ!? それ、何？」

聞いてもやっぱり父は答えてくれない。勝手に話を進めた。

「遥香ちゃんは、おまえに助けられたことがあるそうだ」

記憶になかったが、考えられるのは登校班が一緒だったころだ。

「小学生のときのこと？」

「いや、それより後だ」

「後……？」

「公園で声をかけてもらったと言っていたぞ」

その言葉を聞いたとたん、記憶がよみがえった。そして、その記憶は、死んだ母と結びついていた。

中学生のころ、母のいない家に帰りたくないときがあった。父との関係もおかしくなり、居場所がないような気がしていた。そんなとき、公園に行った。母が死んだ後、泣いていた場所だ。大通りから外れているせいか、たいていは誰もいなかった。ここを住処《すみか》にしている野良猫がいるくらいのものだった。

その日も学校帰りに公園に寄った。すると、先客がいた。公園のベンチで女の子が泣いていた。遥香だ。

なぜ泣いているかは聞かなくても分かった。大地の耳にも、事故のことは届いていた。連日のように報道されている。最近は落ち着いたものの、それでも、ときどきマスコミは姿を見せた。傷口に塩を塗るように、遥香や彼女の祖母のいるところに押しかけるのだった。

遥香は一人だった。ベンチに座って涙をこぼしている。両親と祖父を同時に失ったのだ。泣きたくなるに決まっている。心と身体がバラバラになってしまうくらい辛《つら》くて悲しいだろう。放っておけなかった。どうにかしなければならないと思った。

「麩《ふ》菓子、食べない？」

気づいたときには、そう話しかけていた。

「え？」

遥香が驚いた顔で、こっちを見た。大地が公園に来たことに気づかなかったようだ。

「麩菓子……ですか？」

聞き返されて、はっとした。大地は麩菓子を持っていなかった。学校からまっすぐ公園に来たのだから持っているわけがない。

西森《にしもり》という老人に麩菓子をもらったことがあり、思わず言ってしまったのだ。これではナンパか不審者か、ただの間抜けだ。自分で声をかけたくせに、大地は焦った。

「ええと……。あ、怪しい人じゃないから」

自分でもびっくりするくらい怪しい発言だった。大地のことなんて、遥香はおぼえていないと思ったのだ。登校班こそ一緒だったが、一年間くらいのことだし、大地は地味で目立つタイプではなかった。しかし、遥香はおぼえていてくれた。

「大地先輩、ありがとうございます」

涙で濡《ぬ》れた顔でくすりと笑った。

それから、二人で駄菓子を買いに行った。二人で並んで駄菓子を食べながら歩いたが、何かを話した記憶はなかった。

入院病棟の廊下の脇には、同じ大きさのドアが並んでいた。色も材質も一緒だ。番号と名前がなければ、どれも同じ部屋に見える。迷いそうだが、迷わないようになっている。入り口のプレートに部屋番号と名前が書かれているからだ。

栗原加代様

入院しているのは、遥香の祖母だった。もう半月も病院に入っている。検査を受けた病気の他にも、血圧が安定せず、退院することができないとも聞いた。

大地は、これから一人で病室に入るつもりだ。途中まで遥香とたまきと一緒に来たが、二人は買い物に寄っている。

「おばあちゃん、長峰園《ながみねえん》のほうじ茶が好きなんです」

蔵造り商店街札の辻の角にある店だ。常にほうじ茶を作っていて、通りかかると甘い香りが漂ってくる。出しているのは狭山茶だ。川越は、狭山茶発祥の地ともされている。狭山茶は、宇治《うじ》茶、静岡茶と並ぶ日本三大銘茶の一つである。

「お茶は、天平《てんぴょう》元年に伝来したものでございます」

たまきが蘊蓄《うんちく》を披露した。およそ千五百年前だ。

「もともとお薬として利用されておりました」

現代でも通用する知識だった。お茶は、ビタミン、ミネラルに加え、カテキンを豊富に含有しており、風邪、高血圧、高脂血症、動脈硬化、血栓症、脳梗塞《のうこうそく》、糖尿病、老化の予防などに有効だと言われている。

「昔から茶道の師匠には長寿が多いのでございますが、それは抹茶をよく飲んでいるおかげだと言われております」

「へぇ。たまきちゃんって物知り」

「こう見えても、『川越の物知り小町』と呼ばれておりまする」

一瞬で嘘と分かる発言をした。遥香は突っ込まず笑っている。無理やりにでも笑おうとしているのだろう。

遥香は、加代の病気を知っている。たった一人の家族なのだから当然だ。落ち込んでいるはずだが、顔には出さなかった。

――私が落ち込んでいると、おばあちゃんが心配するから。

大地もそうだった。病気の母を心配させたくなくて、明るく振る舞ったときのことを思い出した。人は悲しくても笑えるようにできている。大切な人のために笑おうとする。笑顔が、人を癒やすことを知っているからだ。

「ほうじ茶は、お見舞いによろしゅうございますね」

たまきが言った。ほうじ茶とは、番茶や煎茶を焙烙《ほうろく》で煎《い》ったお茶のことで、カフェインやタンニンが少なく刺激が弱いのでお年寄りや病人にも飲みやすい。病院の食事に出ることもあるくらいだ。

「大地さまの分のお見舞いを買って参ります」

長峰園には、一緒に行かなかった。祖母の下着を買うついでもありますから、と遥香に言われたからだ。一足先に病院にやって来た。そのことを後悔していた。

廊下を行き来していた看護師の姿が途絶えた。病室も静かで誰もいないように思えるが、加代がいる。検査の時間は終わっているはずだ。

大地は、病室の前で入るのを躊躇《ためら》っていた。廊下に立ったまま、母のお見舞いに来たときのことを思い出していた。あのころは、病院が怖かった。病気ではなく、病院が母を奪っていくように思えたのだ。お見舞いに来たくせに泣いてしまったこともあった。その怖さがよみがえっていた。

病院から、目の前にある辛い現実から逃げ出したかったが、そんなわけにはいかない。逃げ出しても許された子ども時代は終わったのだ。大地は息を吸い込み、病室のドアをノックしながら声をかけた。

「信樂大地です。お見舞いに来ました」

「はい。どうぞ」

返事が聞こえた。大地はドアを開けて病室に入った。消毒液のにおいが濃くなった。個室ではなかったが、病室には他に誰もいなかった。加代一人だ。テレビを見るでもなく、枕を背にして座っていた。前に会ったときよりも痩《や》せている。顔色も青白かった。

また逃げ出したくなったが、お見舞いに来て暗い顔を見せるわけにはいかない。笑わなきゃ、笑わなきゃと自分に呪文《じゅもん》をかけるように思った。加代を元気づけたくて来たのだ。

「お見舞いに来ました。信樂食堂の大地です」

ゆっくりと聞き取りやすい声で、初対面の相手に自己紹介するように名乗った。緊張していたこともあるが、これには理由があった。初めて会ったように話さなければならない理由があったのだ。そのことは、加代自身も承知していることだった。

遥香の祖母は、微笑みを浮かべて言った。

「昇吾さんに聞いたのね。まだ大丈夫。あなたのことは、ちゃんとおぼえているわ。うん。おぼえてる」


「おまえと遥香ちゃんを会わせようと思って、見合いを信樂食堂でやったんだ」

父の話は、そんなふうに続いた。昇吾と加代ではなく、大地と遥香のお見合いだったのだ。スーツを着ろと言って大地の服装を気にしたのも、お見合いだったと思えば納得できる。

「会ってみないかって、普通に言えばいいのに」

「おまえ、断るだろう」

否定することはできなかった。遥香が気に入らないというわけではないが、男女交際そのものに腰が引けていた。店のことで手いっぱいだということもあった。

「だからって騙《だま》すような真似をしなくても」

抗議すると、父が頭を下げた。

「年寄りの考えたことだ。気を悪くしたなら許してくれ」

そう言われると、それ以上は文句を言えない。だが疑問は消えなかった。

「どうして、そんなことを？」

そこまでして遥香と会わせようとした理由が分からない。

「時間がないんだ」

父が独り言のように呟《つぶや》いた。大地の質問への返事のようだが、それだけでは意味が分からない。

「時間？」

鸚鵡《おうむ》返しに聞くと、父が呟くように言った。

「ああ。元気なうちに孫の花嫁姿を見たいだろうと思ってな」

胃が締めつけられた。その言葉は不吉すぎる。このとき、加代が入院したことを大地は知らなかった。

「少し前から入院していてな」

「加代さんが？　もしかして重い病気なの？」

「そうじゃなければいいんだがな……」

今度は呼吸が苦しくなった。死んでしまった母の姿が、加代と重なった。父の声が続けた。

「先月、倒れて救急車で運ばれた。軽い脳梗塞を起こしたそうだ。血圧も安定していないらしい。だが、医者が心配しているのは別の病気だ」

脳梗塞だけでも怖いのに、まだ何かあるのか。

「別の病気？　何の病気にかかってるの？」

「すべてを忘れてしまう病気だよ」

そう言って、父は病名を教えてくれた。

アルツハイマー型認知症。

それが、加代がかかっているかもしれない病気だ。年老いた親を持つ大地にとって、震えるほど恐ろしい病気でもあった。


病室の窓からは、青い空が見える。まだ暑いと言いながらも空は高く、秋の訪れを感じさせた。人間の身に何が起ころうと、季節は巡っていく。

その青空に目をやってから、加代は話し始めた。

「最初は、ただの物忘れだと思ったの。出かけた後に、玄関の鍵《かぎ》を閉めたのか思い出せなくなったのが始まり」

その程度のことは、大地にもある。出かけたはいいが、鍵をかけたか思い出せなくなり戻ったこともあったし、ガスコンロの火を止めたか心配になったこともあった。

「少しずつひどくなって、例えば鍵を閉めたか確認したこと自体を忘れて、何度も何度も家に戻るの」

数分前の行動をおぼえていなかった。お見合いのとき、加代が遅れたのもこれが原因だった。そのとき、すでに認知症を疑っていたが、まだ医者に相談していなかったという。どこの病院でも認知症の検査ができるわけではない。専門医のいる病院に行く必要がある。

「お見合いが終わってから検査を受けるつもりだったのよ」

そのまま入院になってしまうことを恐れたのだ。

大地は、彼女がミョウガに手を付けなかったことを思い出した。ミョウガを食べると物忘れがひどくなるという俗説を気にしたのだろう。

「そのうち、行ったことのある場所に辿《たど》り着けなくなって、そのまま町内を歩き回るようになったの。自分がどこにいるのか分からなくなっちゃって、家までの帰り道を忘れちゃったこともあるわ」

病院に来る前に、大地なりに調べていた。アルツハイマー型認知症になると、時間や場所が分からなくなり、少しずつ生活に支障をきたし始める。普通の暮らしができなくなるのだ。

時間をかけて進行し、やがて高度の認知障害に陥り、自分で座ることも不可能になる。最後には、全身衰弱で死亡する。残酷な病気だった。しかも、治療法は見つかっていない。

そして、それは他人事《ひとごと》ではなかった。八十代、九十代になるにつれ認知症になる人間は増える。百歳をすぎると、ほとんどの人間が認知症になると言われている。長生きすれば、父もかかるだろうし大地自身もかかる。

「自分が何かを忘れているということも認識できなくなっちゃうの。大切な人のことまで忘れちゃうのよ」

加代は続けた。かける言葉がなかった。自分は何も知らなかった。加代は幸せに暮らしていると思っていた。長生きすることは、めでたいとばかり思っていた。

だが、加代は苦しんでいた。すべてを忘れてしまう恐怖と戦っていたのだ。もちろん遥香もそのことを知っていた。話してくれればよかったのに、とも思ったが、再会してから日が浅い。遠慮する気持ちがあったのだろう。

お見合いが終わって数日経ったときのことだった。加代は頭が痛くなって倒れた。軽い脳梗塞《のうこうそく》だった。医者は認知症の疑いがあることに気づいた。

「大地ちゃんにだから言うけど、ときどき、夫や息子夫婦のことを思い出せないときがあるのよ」

病気を打ち明ける加代の顔は辛《つら》そうだった。初めて見る寂しそうな顔だ。苦しみや痛みには耐えられても、優しかった家族の記憶を失ってしまうことには耐えられない。泣かないようにこらえているのだろうが、加代の目は潤み始めていた。

再び加代が母と重なった。死ぬ少し前に、大地の母は言った。

大地の結婚する相手がどんな人だか、考えることがあるの。少しおっちょこちょいで、だけど、やさしい人だと思うわ。仲よくするのよ。

小学生だった大地にそう言ったのだ。苦しいだろうに、痛いだろうに大地のことばかり気にしていた。母の病気を治したかったが、自分には何もできなかった。父が倒れたときもそうだったし、今も何もできない。

自分は無力だと思った。

凜の友達の樹のように病気に立ち向かおうとする勇気もない。遥香のように明るく振る舞うことさえできない。ただ暗い顔をして立っているだけだ。こんな調子では、加代を不安にさせてしまう。

気を遣わせてしまう。

帰ったほうがいい。

そう思ったとき、母の声がまた聞こえた気がした。

お父さんのこと、お願いね。

料理を作ることしかできない人だから。

厨房《ちゅうぼう》に立つ父の姿が想い浮かんだ。今日も、父は料理を作っていた。大地にできあがった料理を渡した。

——加代さんに持っていってくれ。

頼まれたのに、渡していなかった。病院の雰囲気に圧倒されて、託されたことを忘れていた。大地は、右手に保冷バッグを持っている。父の料理が入っていた。それをテーブルに置いて、加代に言った。

「父からのお見舞いです」

「昇吾さんから？」

意外そうな顔をしたのは、お見舞いに来たばかりだからだろう。病院から帰ってすぐ、大地に持たせるために作ったものだ。

——おまえが渡したほうがいい。

父はそう言った。それ以上の説明をしなかったが、言葉が足りないのはいつものことだ。大地は気にせず料理を受け取った。

「加代さんに食べて欲しいそうです」

「あら、何かしら？」

「栗ごはんです」

父の得意料理だった。信樂食堂の秋の定番メニューでもある。

栗は、埼玉県の名産品の一つだが、その中でも川越の隣にある日高《ひだか》市の栗は有名だった。例えば、栗のジェラートや栗のどら焼きは、ご当地スイーツとして人気を集めている。

信樂食堂では、日高市で収穫された高麗川《こまがわ》マロンを使っている。大きいものだと一粒三十グラム以上もある。甘い上に食べごたえのある栗だ。

加代は、栗ごはんの入った保冷バッグに目をやって呟《つぶや》いた。

「懐かしいわ」

「父の栗ごはんを食べたことがあったんですか？」

「ええ。もうずっと昔のことだけど、一度だけ信樂食堂に伺ったことがあるの」

お見合いのときに来たのが初めてではなかったのだ。

「知りませんでした」

大地が言うと、加代は小さく笑った。

「何も言わないなんて、昇吾さんらしいわ」

そんなふうに呟いてから、また窓の外を見た。雲一つない秋晴れの空が広がっている。加代は秋の空を見たまま、静かな声で話し始めた。

「夫と息子夫婦を交通事故で亡くしたとき、生きる気力がなくなっちゃったの。何も食べる気力がなくなっちゃって、ふらふらと商店街を歩いていたら、たぬきの置物が目に入ったの」

信樂食堂の店の前に置いてある信楽焼だ。たぬき食堂のシンボルでもあるが、古びていて、それこそ大地が生まれる前から置いてある。

父でさえ、その置物がどこから来たのか分からないと言っていた。あるいは、母が買ってきたものなのかもしれない。

「食堂に入る気なんてなかったのに、いつの間にか、お店に入っていたの」

たぬきの置物に化かされたような言い方をした。

「お店には、誰も——昇吾さん以外はいなかったわ」

厨房に立つようになって知ったことだが、どんなに繁盛していても客の来ない時間がある。父は「いらっしゃいませ」と言って、加代を窓際の席に案内した。お見合いのときに座った席だ。

「腰を下ろしたはいいけど、やっぱり食欲はなかったわ。メニューを見る気にもなれず、謝って帰ろうと思ったの」

その瞬間のことだった。加代の目の前に食事が置かれた。注文もしていないのに、料理が出てきたのだ。

顔を上げると、父が真面目な顔で立っていた。

――上手に炊けました。味を見てやってください。

と、頭を下げた。改めてテーブルを見ると、栗ごはんがあった。炊き立てらしく湯気が立っている。

「食べるつもりなんてなかったのに、いただきますも言わずに食べちゃったの。まるで魔法にかかったみたいに食べちゃったの」

箸《はし》を手に取る加代の姿が思い浮かんだ。

「それでね。一口食べたら、涙が止まらなくなっちゃったの」

「涙が？」

「おかしいでしょ？　栗ごはんを食べて泣くなんて」

加代の瞼《まぶた》から涙が溢《あふ》れそうになっていた。しかし、悲しそうな顔はしていない。唇には笑みが浮かびかけている。

遥香の祖母は、大地の返事を待たずに続けた。

「そしたら昇吾さんが話しかけてくれたのよ」

「え？　父が？」

意外だった。不愛想ではないが、気の利くタイプでもない。泣いている女の人に話しかける姿が思い浮かばなかった。

「何て言ったんですか？」

「おかわり、お持ちしましょうかって。まだ一口しか食べてなかったのに」

涙が、加代の頬を伝い落ちた。しかし、彼女は笑っていた。泣きながら笑っている。

「そのとき、私、思わず笑っちゃったの。それで、少しだけ元気になったわ。おかわりも、もらっちゃった」

ふふふと声を出して笑ってみせた。そして、再び大地に言う。

「やっぱり大丈夫。こんなにおぼえてるんだから大丈夫。何もかも忘れていっても、きっと何度でも思い出すわ」

自分に言い聞かせるような声でもあった。大地は、やっぱり返事ができなかった。父のように元気づける台詞《せりふ》も言えない。不器用な言葉さえ出なかった。すると、加代が聞いてきた。

「遥香、信樂食堂に行って栗ごはんを注文しなかった？」

「は……はい。しました」

　むすびcafeに行く前に、そんなことがあった。

「栗ごはんのことは、私が教えたの。美味《おい》しいものを食べれば、元気になるからって」

　現時点でも、加代のアルツハイマーは疑いにすぎない。脳梗塞《のうこうそく》を起こして回復を待ってから検査を受けたのだ。まだ結果は出ていないが、その疑いは濃かった。落ち込まないように、自分と加代を励ましていたのだろう。

　遥香の気持ちを考えると、涙が溢れそうになった。こぼれないように、大地は窓の外の空を見上げた。大地の涙に気づいただろうに、加代は何も言わない。沈黙が訪れた。秋の空の雲が流れていき、時間がすぎていく。

　どれくらい、そうしていただろうか。たまきと遥香の話し声が聞こえてきた。それほど大声で話しているわけではないようだが、静かな病院では声がよく通る。加代の耳にも届いたはずだ。

「こうして大地さまは、信樂食堂の若殿になったのでございます」

「すごいわねえ」

「あい、もうすぐ川越のぷりんすになりまする」

「楽しみねえ」

　たまきは勝手なことを言っているし、遥香もいい加減だ。加代のことが気になってそうになった。

話をちゃんと聞いていないのかもしれないが、相槌《あいづち》が適当すぎる。大地は、ずっこけ

「たまきちゃん、面白いわね」

「はい。すみません」

大地は謝った。相変わらず、どこに出しても恥ずかしい。

「あら、褒めてるのよ。泣いても笑っても同じ一生なら、笑って暮らしたほうがいいわ。遥香にもそう言ってあるのよ」

加代は涙を拭《ぬぐ》った。泣き顔は消え、微笑みだけが残った。たまきと遥香の会話を聞きながら、さらに続ける。

「生きていると失うものもたくさんあるけど、出会いだってあるのよ。人生って失うばかりじゃないから」

たくさんのものを失って、傷つきながら人と出会い、人は生きていく。加代は、そのことを大地に伝えようとしていた。

悲しくても生きていく。

幸せでも生きていく。

別れと出会いを繰り返しながら、人は生きていく。

たまきと遥香の足音が、すぐ近くまでやって来た。ノックの音が聞こえた。加代は

返事をする前に、大地に言った。

「今度は、大地ちゃんの栗ごはんが食べたいわ」

「は……はい」

大地は頷《うなず》いた。加代との約束だった。父に負けない栗ごはんを食べてもらうのだ。

「遥香にもご馳走《ちそう》してあげてね」

「もちろんです」

そう答えると、加代が廊下に向かって声をかけた。

「どうぞ」

ドアが開き、たまきと遥香が病室に入ってきた。二人とも笑っている。無理やり明るく振る舞っているだけかもしれないが、笑顔を見せている。

「楽しそうね」

加代は言い、病室の窓を開けた。外の世界からは、秋のにおいがした。夏は行ってしまった。

小江戸たぬき食堂特製

高野豆腐のにせものトースト

材料（2人分）

高野豆腐 ……………………… 2枚

豆乳 ……………………………… 適量

ピザ用チーズ ………………… 適量

黒胡椒《くろこしょう》 ………………………… 適量

作り方

1. 高野豆腐をたっぷりの豆乳につけて戻します。

2. 戻した高野豆腐をぎゅっと絞り、包丁で二分の一の薄さにスライスします。半分に切ってからスライスする（一枚の高野豆腐を四等分にする）と、切りやすいです。

3. フライパンにホイルを敷いて、弱火でじっくりと両面を焼きます。焦げないように注意しながら、こんがりと焼き上げましょう。

4. うっすらと焦げ目が付いたらチーズをのせます。チーズがとけたら、黒胡椒で味を調えて完成です。

お料理メモ

糖度の高い甘酒で戻して、仕上げにバターを添えると、スイーツのような甘さと食感に！

豆乳の代わりに牛乳で戻しても美味しいよ。

参考文献

『ボクはやっと認知症のことがわかった　自らも認知症になった専門医が、日本人に伝えたい遺言』長谷川和夫　猪熊律子（KADOKAWA）
『心のお医者さんに聞いてみよう　認知症の人を理解したいと思ったとき読む本　正しい知識とやさしい寄り添い方』内門大丈（大和出版）
『認知症の人の心の中はどうなっているのか？』佐藤眞一（光文社新書）
『認知症の9大法則　50症状と対応策』杉山孝博（法研）

本書は書き下ろしです。
この作品はフィクションです。実在の人物、団体等とは
一切関係ありません。

作《つく》ってあげたい小江戸《こえど》ごはん３

ほくほく里芋《さといも》ごはんと父《ちち》の見合《みあ》い

高橋《たかはし》由太《ゆた》

令和３年　１月25日　初版発行
令和６年　３月15日　再版発行

発行者●山下直久

発行●株式会社KADOKAWA
〒102-8177　東京都千代田区富士見2-13-3
電話　0570-002-301（ナビダイヤル）

角川文庫 22511

印刷所●株式会社KADOKAWA
製本所●株式会社KADOKAWA

表紙画●和田三造

●お問い合わせ
https://www.kadokawa.co.jp/（「お問い合わせ」へお進みください）
※内容によっては、お答えできない場合があります。
※サポートは日本国内のみとさせていただきます。
※Japanese text only

ISBN 978-4-04-110879-6　C0193